Ce livre a paru sous le titre original :
La escarcha sobre los hombros
aux éditions Onagro à Saragosse
en 1998 pour la première édition
en 2008 pour la dixième.

ISBN original 978-84-88962-12-6
en couverture : détail de *La nevada* de Goya

3, allée Marie Laurent, 75020 Paris
ISBN : 978-2-916306-06-3
laramonda@wanadoo.fr

Lorenzo Mediano

DU GIVRE SUR LES ÉPAULES

Traduit de l'espagnol par Hélène Michoux

Éditions de la ramonda

Chapitre I

Il y a quelques semaines, un rédacteur inconnu de l'*Heraldo de Aragón* consacra une demi-colonne aux événements survenus dans notre contrée. Cette demi-colonne est sans doute passée inaperçue de presque tous les lecteurs, non seulement parce qu'elle se trouvait en pages intérieures perdue parmi d'autres nouvelles provenant de villages aussi minuscules et inconnus que le nôtre, mais aussi parce que les citadins cultivés accordent moins d'importance à tout le sang qui peut être versé dans les villages tissant notre géographie qu'à un discours de Lerroux, d'Azaña, de Largo Caballero ou de n'importe quel autre des politiciens qui gouvernent – ou peut-être devrais-je dire qui se répartissent – cette république tourmentée. Sauf si, bien sûr, comme cela est arrivé à Casas Viejas il y a deux ans, le sang paysan peut servir d'arme contre les adversaires politiques.

Nous aurions pu nous aussi ne nous rendre compte de rien, non par manque d'intérêt, mais simplement parce que je suis le seul du village à lire les journaux, un jour sur deux. Je sais bien que le lecteur s'étonnera que le salaire d'un instituteur de campagne, à peine suffisant pour manger, me permette d'acheter le journal, même une fois sur deux; il faudra que je m'en explique : quand don Casildo Baldellou était jeune, il partit étudier à Saragosse et y passa un certain temps. Mais son frère – l'héritier – mourut et il dut alors rentrer pour prendre en charge la maison. De son séjour à la ville et de son éducation tronquée lui est resté un certain prestige intellectuel aux yeux des habitants du village; prestige qu'il alimente en se faisant apporter les journaux à dos d'âne. Il le fait par pure vanité : la charge de sa maison l'a détourné, depuis longtemps, de cette distraction sophistiquée; aussi chaque samedi il continue d'apporter son journal au bar, au cercle des habitués et chaussant ses lunettes, il lit à haute voix l'une des nouvelles de la première page, pour commenter ensuite, au milieu d'un respectueux silence : «Je ne sais pas où ça va s'arrêter!»

Cette démonstration présomptueuse, comme ses lunettes d'ailleurs, car sa vue est excellente – il n'en a pas besoin ni n'en aura jamais besoin –, nous arrange bien, don Felipe, le curé, et votre dévoué serviteur. Une fois que don Casildo a réaffirmé sa prééminence lettrée sur la masse populaire, les journaux perdent pour lui toute utilité et il nous en fait cadeau, au curé et à moi, qui nous les partageons équitablement. Cela s'apparente à de la corruption car nous savons que pour que l'approvisionnement en journaux ne s'interrompe pas, la condition est de ne pas révéler la supercherie de don Casildo et d'acquiescer avec respect lorsqu'il lance son «je ne sais pas où ça va s'arrêter!» Comme si dans cette phrase se trouvaient résumées en même temps la sagesse des Pères de l'Église et celle de Giner de los Ríos*.

Je parviens donc à lire, à peu de frais, la moitié des nouvelles d'Espagne et de l'étranger et avec un peu d'imagination je

---

* *Francisco Giner de los Ríos (1835 - 1915), philosophe, essayiste et pédagogue espagnol, fondateur de l'Institución Libre de Enseñanza, institution laïque qui s'opposait dans une certaine mesure à l'enseignement d'État (catholique).*

compose l'autre moitié, comme s'il s'agissait de mots croisés. Les deux ou trois semaines de retard ne comptent guère pour moi car c'est comme si je vivais dans un autre monde, un peu plus lent, un peu plus serein. Quand des nouvelles préoccupantes arrivent jusqu'à moi, je sais que les événements ont eu lieu il y a bien des jours et que bon gré mal gré ils appartiennent au passé.

Enfin bon, la demi-colonne à l'origine de ces pages correspondait, par un caprice du hasard, à la part du prêtre. Depuis longtemps déjà, je soupçonnais don Felipe de ne pas lire les journaux qui lui revenaient mais de les utiliser pour allumer son feu; et le fait qu'une nouvelle si importante n'ait pas attiré son attention ne fit que confirmer mon hypothèse.

Cependant, un migrant de notre village vivant à Huesca – Miguelón, le troisième fils de Joaquín Naval – lut la nouvelle, la découpa et l'envoya à son père par courrier. Joaquín Naval sait suffisamment lire pour comprendre que l'article parlait de notre village bien qu'il ne soit pas parvenu à saisir ce qu'on y disait exactement; c'est ainsi que cette nuit-là il l'apporta au bar.

Le prestige de don Casildo en tant que membre de l'élite intellectuelle du village fut sur le point de s'effondrer lorsqu'on lui présenta cette nouvelle qu'il ignorait et il ne put articuler d'autre excuse que sa phrase de toujours, qu'il répéta comme s'il s'agissait d'une oraison jaculatoire : «Je ne sais pas où ça va s'arrêter!»

C'est là que j'intervins craignant, si l'autorité savante de don Casildo venait à vaciller, qu'il cessât d'acheter les journaux; j'expliquai à tous que l'*Heraldo de Aragón* de Huesca n'est pas le même que celui de Saragosse, tout comme le vin de Cariñena n'a pas le même goût que celui du Somontano bien qu'un seul mot serve à les désigner tous deux. L'*Heraldo* que reçoit don

Casildo est celui de Saragosse, de meilleure qualité, comme il se doit pour un homme instruit comme lui; alors que la coupure en question provenait de celui de Huesca qui, comme personne ne l'ignore, est une ville de rang inférieur. Comme Saragosse est une cité importante, elle ne s'occupe pas des affaires survenues dans des lieux aussi reculés que le nôtre.

Tout cela, bien sûr, n'est que pur mensonge mais même si les plus vifs devinèrent que mon argument n'était pas bien solide, personne n'osa mettre en doute mon opinion à propos d'une affaire de lettres. Don Casildo, chaussant ses inutiles lunettes, lut alors l'entrefilet, lentement, pendant qu'un silence religieux tombait sur l'assemblée.

C'est un difficile métier, celui de journaliste! Une nuit on se retrouve avec un espace libre et le rédacteur en chef ordonne d'écrire quelque chose, peu importe quoi, pourvu que cela intéresse les lecteurs désœuvrés; le journaliste cherche dans les rapports de police et trouve une affaire où s'entremêlent l'amour, le sang et la haine; il lit alors la version que le juge tient pour vraie, qui s'inspire du rapport de la garde civile, qui elle-même a recueilli les témoignages des voisins, témoignages souvent partiels et contradictoires, passés sous silence en grande partie parce qu'ils touchent à de sombres secrets de famille ou à des vengeances ne concernant pas les étrangers. Avec tout cela il doit composer un article qui, même s'il ne le sera jamais, doit pour le moins paraître vrai.

Ensuite le rédacteur en chef changera certaines phrases pour rendre la nouvelle plus intéressante; enfin le metteur en pages coupera un ou deux paragraphes pour placer cette brève de dernière minute. Alors seulement, le lecteur après avoir payé son journal – ou dans mon cas après avoir attendu la fin de la petite représentation théâtrale de don Casildo – pourra lire ce reflet éloigné de ce qui est réellement arrivé. Il se considérera alors comme un homme bien informé, au courant de ce qui se passe dans le monde.

Il n'est donc pas étonnant que le récit du journaliste n'ait conservé qu'une légère ressemblance avec ce qui est arrivé dans notre village.

À peine don Casildo avait-il ôté ses lunettes et lancé son célèbre «je ne sais pas où ça va s'arrêter!», un torrent d'indignation se déchaînait. Ceux dont les noms figuraient dans l'entrefilet s'exaltaient et juraient sans tenir compte de la présence du père Felipe, présence habituellement modératrice des sorties intempestives; par contre, ceux qui avaient participé aux faits sans que leur nom apparaisse se sentaient sous-estimés. Une telle caricature du village constituait une offense pour tous les habitants.

La colère déborda du bar exigu où nous nous trouvions et bientôt, comme attirés par une force mystérieuse, tous les voisins se trouvèrent rassemblés. Même les femmes délaissèrent leurs cuisines et accoururent, poussant de hauts cris et lançant des injures; les vieillards aussi, même s'ils ne pouvaient rien faire d'autre que brandir leurs cannes et chercher un endroit où appuyer leurs dos courbés; les enfants, sans en comprendre la raison mais gagnés par l'excitation ambiante, ajoutaient encore au tumulte en sautant et en criant. On vit même accourir les hommes de *casa Carrasquero*, qui se trouve à une demi-heure de notre village et ceux de *casa Simó* qui doivent traverser le ruisseau de Grallaro pour venir jusqu'ici.

Il y avait dans l'atmosphère un impérieux besoin d'agir, de trouver un exutoire à l'indignation; mais hélas, aucune Bastille à prendre d'assaut, aucun responsable à sacrifier dans une catharsis collective, aucune action que leurs mains dures, brûlées et calleuses puissent entreprendre. Certains descendaient et remontaient la rue comme s'ils cherchaient un ennemi, d'autres demandaient la fatidique coupure et la regardaient, l'examinaient les yeux pleins de haine, comme s'ils pouvaient ainsi conjurer les lettres incompréhensibles pour eux; la plupart serraient leurs poings impuissants.

Finalement, Sebastián Badías, de *casa Bardal*, notre maire, proposa afin de laver l'honneur de notre village que nous écrivions ce qui s'était vraiment passé, pour que les gens des villes en soient informés. Une exclamation d'allégresse approuva la proposition. Rapidement, le conseil se réunit pour décider des détails pratiques pendant que le reste des voisins sortait respectueusement du bar bondé afin de permettre à la délibération de se réaliser dans le calme nécessaire. Ils attendirent dehors dans un silence plus impressionnant et menaçant que le vacarme qui avait précédé. Puisqu'il s'agissait d'une affaire de lettrés, je fus invité à la séance plénière, ainsi que don Casildo, dont la réputation ne courait plus aucun risque, personne ne doutant plus que le journal de Saragosse fût de loin supérieur à l'autre, de Huesca, qui donnait des nouvelles si falsifiées.

En principe, la tâche d'écrire une réponse à l'insulte aurait dû échoir à don Casildo, fils du village par le sang et non par adoption comme dans mon cas; mais il s'excusa disant que, bien qu'il fût parfaitement capable de l'écrire, les nombreuses obligations relatives à son patrimoine l'empêchaient d'y consacrer le temps suffisant. Tous s'accordèrent sur le fait que s'occuper du bétail et des terres est plus important que la tâche peu productive d'enseigner aux enfants à lire et à écrire; si les gens peuvent avancer dans la vie sans rien connaître des lettres, ils ne peuvent le faire sans manger.

On décida alors que, jusqu'à ce que la réponse pour le journal fût terminée, l'école fermerait les après-midi de façon à me laisser le temps nécessaire pour écrire. De même, la commune me fournirait gratuitement tout le papier et l'encre dont j'aurais besoin pour ma tâche.

Je tentai de leur expliquer que ce qui avait eu lieu dans notre village n'intéressait personne à part nous, en ce turbulent mois de novembre mille neuf cent trente-quatre, les événements des Asturies et de Catalogne étant encore si proches; que le nom de notre région devait déjà avoir été oublié y compris par l'anonyme journaliste auteur de telles absurdités, s'il s'en était souvenu ne serait-ce qu'un jour; qu'il y a des douleurs qu'il vaut mieux ne pas remuer et qu'il est préférable au contraire de laisser reposer dans un pieux oubli. Mais dans l'atmosphère d'exaltation où ils se trouvaient, ils ne tinrent pas compte de mes avertissements et je considérai plus prudent de ne pas trop insister.

Le lendemain, en sortant de l'école à midi, Pilar, de *casa Bardal* (l'une des maisons les plus fortunées du village), vint me voir et me transmit une invitation à déjeuner de la part de son père, qui me priait de ne pas oublier d'apporter du papier et de quoi écrire.

Habituellement, conscientes que le salaire d'instituteur ne suffit pas à me nourrir, les maisons les plus importantes m'invitent de temps en temps à leur table, alors que les maisons pauvres se contentent de m'apporter quelques œufs ou quelques légumes de temps à autre.

Cependant, à ma grande surprise, à la place de la typique marmite de haricots, de légumes verts, de pommes de terre et de lard, consommée chaque jour dans toutes les maisons, je me retrouvai face à un délicieux plat de *codas*. Pour ceux qui ne savent pas ce que sont les *codas*, je dirai qu'aux agnelles nées pendant l'été, on coupe la queue au début du mois de novembre pour que les mâles les fécondent mieux; et ces queues, cuisinées avec de la sauce aux amandes, sont un plat délicieux seulement à la portée des plus riches. Sa rareté même le rend infiniment désirable. Je ne l'avais jamais goûté auparavant et le fait qu'ils m'y invitaient indiquait un désir de m'accueillir bien supérieur à ma modeste condition sociale.

Après cet exquis repas, le maire me demanda de prendre la plume et le papier et d'écrire sa version des faits auxquels se référait l'article, le rôle que sa maison y avait joué. En vain je tentai de lui expliquer que, si nous voulions que le journal publie une rectification, nous devions être concis et laisser dans l'encrier tous ces petits détails si importants pour nous mais excessifs et dérangeants pour le lecteur ordinaire, que cela n'intéresse pas de savoir comment nous sommes habillés ni combien de terre nous possédons ni si nous sommes inquiets parce qu'un mulet boite. Tout ceci est bien sûr important pour réussir à nous comprendre et par conséquent pour saisir pourquoi ce qui est arrivé est arrivé; néanmoins, ceux qui achètent un journal ne veulent pas, au fond, comprendre quoi que ce soit; ils souhaitent juste avoir l'illusion de savoir mais sans y consacrer le temps nécessaire.

Mes arguments furent inutiles. Obéissant, sachant qu'aucun journal ne publierait une telle exubérance verbale, je pris note de ce que l'on m'ordonnait sur les feuillets offerts par la commune, en honnête paiement de l'exquis repas. Et à ma grande honte, je permis à ma plume d'écrire non seulement le superflu, ce qui eût été pardonnable, mais également les mensonges qui tentaient de dissimuler la haine des cœurs.

Les jours suivants, au fil des invitations, je parcourus toutes les maisons du village. J'ignore s'ils s'étaient tous mis d'accord ou si un mystérieux instinct social les guidait mais mes visites suivirent un ordre strictement hiérarchique; d'abord, les maisons les plus puissantes : après *casa Bardal*, je dus aller à *casa Torrera*, à *casa Simó*, à *casa Sopena*, à *casa Nariños*... Je me rendis ensuite dans les maisons humbles, en commençant par *casa Badiello* puis vinrent *casa La Selva*, *casa Mozcos*, *casa Alins*, *casa Mateu*...

Je mis plus d'un mois à parcourir toutes et chacune des maisons du village et de ses alentours; j'y mangeai chaque fois des repas de fête, y bus les meilleurs vins et écoutai les prolixes récits de leurs habitants. C'était comme une symphonie répétitive et monotone pleine d'innocence et de bonnes intentions. Et tout était faux, plus faux encore que la demi-colonne du journaliste.

Un jour après en avoir terminé avec la dernière maison, les invitations cessèrent; mais je trouvai sur le pas de la porte de l'école un repas encore chaud. Je compris que le village attendait désormais de moi que j'écrive ce que l'on m'avait raconté. Ainsi donc, je m'enfermai dans ma chambre et feignis d'écrire. Oui, je dis bien, feignis d'écrire, parce que après trente-huit visites j'avais entre les mains plus de deux cents feuillets totalement confus et embrouillés, impossibles à déchiffrer pour qui que ce fût, en supposant que quelqu'un eût la patience nécessaire pour les lire et qu'en outre, il comprenne le parler aragonais dans lequel ils étaient écrits. D'autre part, je ne pouvais rien supprimer sans que celui qui me l'avait dit se sente offensé et une insulte de ce type n'est pas facilement pardonnée dans un petit village. Mes subsides dépendant de la bonne volonté de mes voisins, le lecteur comprendra que je fisse preuve de la plus grande prudence.

Je savais bien quel serait le destin de ces feuillets quand ils parviendraient à la rédaction du journal, même en essayant de les résumer au péril de ma subsistance et d'en tirer cent, cinquante ou dix feuilles. Si bien que je choisis de faire semblant d'écrire, quand en réalité je passais les après-midi à lire un de mes rares livres; et quand je considérai m'être laissé un délai suffisant, je présentai au maire les mêmes notes que j'avais prises en allant de maison en maison.

Le village fut alors convoqué tout entier et don Casildo, lunettes sur le nez, se montrant au balcon de l'hôtel de ville, commença la lecture de ce charabia hermétique, inintelligible pour qui n'appartenait pas à notre communauté, pendant que la population, depuis la place, écoutait dans un respectueux silence, dans une attitude presque religieuse.

Pendant des heures et des heures, don Casildo lut ce que chacun avait dicté; et comme je l'avais prévu, tous trouvaient cela satisfaisant. Ils ne comprenaient rien à l'ordre nécessaire de la composition littéraire ni ne se rendaient compte que quelqu'un d'extérieur ne pouvait pas savoir si Alba, celle-de-don-Mariano, était la femme, la fille ou la mère de celui-ci; personne ne perçut non plus que si la force, la santé, la robe, la ferrure, l'âge ou les dents des montures sont pour eux des éléments importants d'un récit, pour quelqu'un de la ville il importe peu de savoir si cette mule est brune ou pommelée ou difficile à ferrer. Non, ils ne faisaient qu'écouter la description du village et de ses habitants tels qu'eux les voyaient, c'est-à-dire une description extrêmement élogieuse d'eux-mêmes. Et sur ce fond doré, une forme synthétise tous les maux, tous les vices, toutes les perversions; c'est la minuscule tache noire qui fait ressortir davantage la blancheur du drap; c'est le coupable des événements qui firent que notre commune fut tristement célèbre et mérita une demi-colonne d'une page intérieure de l'*Heraldo de Aragón*, dans son édition de Huesca.

Comme hypnotisés, ils exorcisaient ainsi les démons qui les avaient tourmentés durant les derniers mois; car un mensonge, s'il est partagé par tous les membres d'une communauté, devient d'abord crédible, puis possible et enfin vérité. Ainsi, dans une communion perverse, ils restèrent immobiles et silencieux pendant des heures, sans d'autres gestes, quasiment, qu'un hochement de tête lors des passages les plus importants – et aussi les plus faux – jusqu'à ce que don Casildo eût terminé et retiré ses lunettes. Personne ne se rendit compte, sauf moi, que pour une fois il n'avait pas prononcé sa fameuse phrase; mais qu'à la place on entendit un soupir collectif, comme si on avait enlevé un poids de leurs cœurs. J'entendis presque un amen, plus sincère que tous ceux de la messe du dimanche : ainsi soit-il, ainsi soit-il, ainsi soit-il.

Après cette cérémonie, les feuillets furent soigneusement empaquetés et envoyés avec le courrier de la semaine. À partir de ce moment-là, chaque jour qui passait, les gens se disaient : «Ça y est, la réponse doit être arrivée à Barbastro» ou bien : «Maintenant elle doit être à Huesca» ou encore : «Ils doivent déjà être en train de la lire au journal.»

À partir du jour où les gens pensèrent qu'elle avait dû être lue au journal, une certaine impatience s'empara de tous, car personne ne peut imaginer comment se fait un journal ni combien de temps il faut pour imprimer les nouvelles. Ils ne pouvaient pas dire «elle doit déjà être chez le typographe» ou bien «ils doivent déjà être en train de la composer» parce que personne ne sait ce qu'est un typographe ni ce que signifie composer une page; je feignis l'ignorance pour éviter d'embarrassantes questions. Une attente crispée commença alors.

Don Casildo, pour la première fois de sa vie, lut du début à la fin les journaux qui lui parvenaient et dut y consacrer les vendredis et samedis. Les voisins, comprenant le généreux sacrifice qu'il faisait pour la collectivité, fauchaient gratuitement ses prés ou rentraient ses bêtes, essayant de le dédommager d'une manière ou d'une autre.

Lorsque don Casildo terminait sa lecture le samedi soir, il se dirigeait vers le bar où tout le village attendait anxieusement et hochait tristement la tête. Alors, tous repartaient vers leurs maisons la tête basse, sans que don Casildo se sente d'humeur à lire la moindre nouvelle devant eux, au moment précis où, connaissant l'actualité sur le bout des doigts, il en avait beaucoup à commenter.

Finalement, au mois de février, tous perdirent espoir de voir publiée leur version des faits. Et comme ils ne pouvaient imaginer que cela n'avait tout simplement pas intéressé les journalistes, pour leurs consciences coupables, cela signifiait que, d'une certaine manière, mystérieusement, ils avaient découvert les tromperies contenues dans le manuscrit. Alors, puisque quelqu'un osait douter de la vérité acceptée de tous, celle-ci perdit de sa force et de sa capacité à chasser les fantômes sanglants.

Un samedi, don Casildo se remit à commenter sa nouvelle hebdomadaire et à lancer son «je ne sais pas où ça va s'arrêter!». Les gens retournèrent à leurs travaux, réclamés par l'arrivée du printemps et les vieillards retournèrent s'asseoir au soleil passer le temps à dire que rien n'est plus comme avant. Mais au fond de leur cœur, les gens ne pouvaient pas se leurrer.

Même moi je n'étais pas tranquille parce que, mieux que n'importe qui, je connais ou je crois connaître la vérité sur ce qui s'est passé. Moi qui plus que quiconque aurais dû me rebeller contre le mensonge, par peur j'ai prostitué ma plume.

J'avais toujours en ma possession les feuilles que la commune m'avait remises pour mettre au propre la version des faits que les gens m'avaient racontée; et au beau milieu d'une nuit d'angoissants cauchemars, je me levai tout en sueur de mon lit et allumant une lampe à huile, je commençai à écrire la vérité. Cette vérité dont j'ai été témoin et que personne ne veut connaître.

Maintenant que les jours rallongent, je profite du soleil couchant – les temps ne sont pas à gaspiller de l'huile en vain – et à la place de ma promenade du soir, j'écris quelques pages.

Si un jour quelqu'un lit cette humble chronique des terribles et extraordinaires événements qui ont eu lieu dans un petit village des contreforts pyrénéens, qu'il sache que leur auteur est un instituteur ne cherchant qu'à être en paix avec lui-même. Et cette paix ne pourra venir que de la vérité, même si les gens ne veulent pas la voir.

Chapitre 2

Le village où se sont déroulés les faits que je vais raconter s'appelle Biescas de Obago. Que le lecteur ne confonde pas, comme il arrive parfois au rare courrier qui arrive ici, avec le célèbre Biescas – tout court – de la vallée de la Tena, même si la nôtre aussi est une bourgade pyrénéenne d'élevage. Bien plus petit et sûrement inconnu du lecteur, à moins qu'il ne soit amateur de chasse, il est un autre Biescas, enclavé dans la vallée de Bardají. Ce n'est pas non plus à celui-ci que je me réfère. Enfin, proche de nous, se trouve Biescas de Obarra, dans la vallée de l'Isábena, tout près du couvent jadis important d'Obarra, aujourd'hui en ruines et abandonné. La proximité géographique de Biescas de Obarra et la grande ressemblance sonore entre son nom et le nôtre font que même des voisins relativement proches confondent les deux villages.

Notre Biescas en question se trouve enclavé sur une colline ensoleillée, à environ quatre cents *varas** de la rivière. Oui, je sais bien qu'il existe une contradiction entre affirmer que le soleil touche le village et le nom de celui-ci, puisqu'en aragonais obago signifie ombragé; mais il en est ainsi. Bien que je ne sois ni historien ni philologue, j'ai ma propre théorie sur ce nom :

* *Environ trois cents mètres. La vara aragonaise équivaut à 0,77 m.*

à moins d'une demi-heure de marche vers le sud se trouve une des multiples sierras qui traversent les contreforts des Pyrénées d'est en ouest, la sierra de Suerri. Même si elle n'atteint pas une grande altitude et n'est pas considérée comme suffisamment importante par les géographes pour apparaître sur les cartes à grande échelle, cette sierra projette sur tout son versant nord une ombre fraîche; bien que cette ombre entrave les cultures et accumule les neiges de l'hiver, elle fait que l'herbe reste verte même pendant les sécheresses les plus continues. Et ce facteur, j'en suis convaincu, est assez important pour qu'une bourgade vivant prioritairement de l'élevage l'ajoute à son nom.

Une grande partie de cette histoire ayant pour personnage principal un berger, il me faut préciser que les troupeaux de notre village sont fort chanceux parce qu'ils n'ont pas à transhumer. Pour les villages situés plus en hauteur, plus près des cols, la transhumance est un mal nécessaire car pendant l'hiver les neiges recouvrent tous leurs pâturages; en revanche, la plupart des troupeaux d'ici sont sédentaires : ils restent sur place toute l'année. Pendant les mois de chaleur, les pâturages communaux de la sierra sont suffisants pour tous; en hiver, les prés de la vallée et le foin fauché pour les jours de neige permettent d'alimenter beaucoup de têtes. Des maisons riches, le troupeau de *casa Pelaire* descend à la Rivera, où elle possède à Tamarite de vastes propriétés; et celui de *casa Sopena* jouit depuis des temps immémoriaux d'un droit de pâture sur la commune de Zuera. Par contre, la majorité des petits troupeaux des maisons les plus humbles doivent se rassembler et partir en hiver, leurs terres n'étant pas suffisantes pour les nourrir. Mais j'éviterai de décrire plus en détail le territoire communal; si je le faisais, contaminé par l'esprit paysan que je critiquais dans le chapitre précédent, je courrais le risque de me perdre dans une description prolixe et détaillée de notre contrée : je raconterais les sources fraîches et ombragées qui jamais ne tarissent et sont dédiées à saint Antoine parce que paraît-il, en lavant les montures dans leurs eaux, elles guérissent plus vite des blessures laissées par le bât. Ou peut-être parlerais-je des champs fertiles où l'on cultive le blé un an sur deux, d'autant meilleurs qu'ils sont près de la rivière, même si une crue peut parfois survenir et les dévaster. Ou bien des potagers proches du village, où l'on arrive même à récolter quelques tomates tardives, bien que les soins prodigués ne suffisent pas toujours. Ou de comment, sur les versants les plus ensoleillés, cultivés en terrasses pendant des générations, quelques rares oliviers, amandiers et vignobles donnent parfois un fruit que le climat à lui seul leur refuserait.

Que l'on me permette de passer sur de tels détails, sans doute essentiels et extrêmement intéressants pour un agriculteur ou un éleveur, mais qui pour le lecteur citadin seront fatigants et même irritants.

Je me plierai à ses goûts et penchants car je suppose que seuls les gens des villes prendront le temps nécessaire pour lire ces lignes (si elles sont seulement lues un jour par quelqu'un), les habitants de la campagne occupant leurs loisirs autrement, et ruminant, pendant les heures d'obscurité, leurs haines et leurs amours au coin du feu, au lieu de se consacrer à l'art pour eux interdit de la lecture.

Pour que ces citadins puissent comprendre mon récit, il me faudra traduire les paroles des personnages de cette histoire en des phrases qu'eux-mêmes ne comprendraient pas s'ils les lisaient ou, plus exactement, s'ils les entendaient, puisque la plupart d'entre eux sont presque analphabètes. Mais cet artifice est nécessaire et par déférence pour mes lecteurs je mettrai dans leurs bouches des phrases qu'ils n'ont pas dites mais qu'ils auraient pu dire parce qu'ils les avaient dans leur cœur. Le langage montagnard est un mélange de regards et de silences, d'expressions signifiant tout et rien, d'infimes gestes, menaçants ou amicaux, de soupirs qui selon leur profondeur signifient telle ou telle chose. C'est ainsi que se connaissant depuis l'enfance, ils parlent d'amour ou de haine, d'amitié ou de pouvoir, tissent des alliances ou jettent des injures mortelles; travaillent ou laissent reposer les personnes comme si c'étaient des champs en jachère. Quel génie de la littérature pourrait poser un langage aussi subtil sur un support aussi limité que le papier? En aucun cas l'humble maître d'une misérable école rurale qui n'écrit que pour soulager sa conscience et pour, bien que tard, crier son angoisse née du sang qui imbiba l'humus noir du bois et du mensonge qui tente de l'oublier.

Que le lecteur sache alors qu'en dépit de mon art, bien pauvre, je ne pourrai lui transmettre qu'une version vague et confuse de ce qui s'est passé. Cependant s'il peut être sûr d'une chose, c'est de ma sincérité.

Pour que cette histoire d'amour, d'ambition et de haine soit intelligible, il me faudra aussi expliquer ce que signifie, dans mon récit et dans les villages des Pyrénées, le mot *casa*. La maison, *casa*, n'est pas un bâtiment, constitué de pierres pour les plus riches, de briques pour les plus pauvres, non, les maisons sont un tout : ce sont les murs épais, les caves voûtées, les toits de lauzes ou d'ardoise, les sombres alcôves; mais elles comprennent aussi les personnes qui les habitent, les champs, les animaux, les métayers, les domestiques, les enfants qui y naissent, les bêtes de somme, les outils et le matériel agricole, l'huile des lampes, les vignes et les arbres fruitiers et même les petites et grandes économies faites de sacrifices pour acheter un mulet ou payer un médicament.

Quand une personne naît, elle reçoit les noms de ses parents parce que l'État et la loi le veulent ainsi, mais ce sont des cadeaux qu'elle utilise peu : à peine lorsqu'on l'appelle sous les drapeaux ou lorsqu'elle se marie, si elle vend ou achète un champ devant le notaire, si a lieu un recensement ou un vote. Excepté à ces occasions sporadiques, les noms de famille n'ont aucune importance et personne ne les emploie pour identifier autrui, car ce qui importe en vérité, c'est à quelle maison on appartient. Même l'intéressé, quand il doit les employer, semble douter, hésiter, comme s'il n'était pas très sûr de lui, il se sent engoncé et mal à l'aise comme s'il portait ses habits du dimanche.

Une personne appartient à une maison depuis sa naissance et cela semble si évident aux yeux de tous qu'ils donnent à cela plus d'importance qu'au fait de savoir qui est son père et qui est sa mère. Cela cause parfois une certaine confusion chez les étrangers et moi-même, à mon arrivée ici, je mis du temps avant de savoir qui était qui et dus renoncer à appeler les enfants de mon école par leur nom.

Une seule personne exerce l'autorité sur la maison et ce gouvernement est tyrannique, absolu, indiscutable. C'est un patriarcat à l'état pur; le chef de la maison, que l'on appelle «le maître», ressemble plus à un seigneur féodal qu'à un grand-père aimant ou à un père affectueux et il exerce ce pouvoir sur ses enfants comme sur les outils agricoles ou sur les bêtes de somme. J'ignore si cette oppressive société familiale existe en d'autres lieux d'Espagne ou si elle est propre aux Pyrénées : je suppose que c'est la rudesse de la terre et du climat qui oblige à cette cruauté nécessaire pour survivre.

Pour ne pas dilapider le patrimoine de la maison, le maître choisit l'héritier parmi sa descendance. On me dira que ce n'est pas rare et que cela évite la petite propriété, néfaste, qui a tant nui à certaines régions d'Espagne; et que par exemple, en Catalogne, l'aîné hérite aussi de tout. Mais à la différence qu'ici le père choisit l'héritier, sans tenir compte de l'ordre de naissance, et dans des cas extrêmes il peut même choisir une fille ou une petite-fille comme héritière; en outre il peut à son gré changer de décision, condamnant à la misère celui qui auparavant s'était préparé à assumer le commandement de la maison. Ceci, on le comprendra, confère au père ou au grand-père un pouvoir absolu.

Ceux qui n'hériteront pas vivent un destin différent selon qu'ils appartiennent à des maisons pauvres ou riches. Ceux des maisons riches étudieront, ce qui leur permettra d'exercer une profession libérale, d'entrer dans l'armée ou de devenir curés. Ceux des maisons pauvres peuvent choisir de rester dans la maison et de devenir *tiones* ou *tionas*, de travailler pour une maison riche ou de partir à l'aventure vers de nouvelles terres; les femmes, si elles sont belles, peuvent aspirer à se marier avec un héritier d'une autre maison pauvre.

Quand je pense aux *tiones*, mon cœur se serre, ils me rappellent les branches stériles des arbres. Un *tión* s'assiéra à la même table que son frère plus chanceux, mais tout privilège s'arrête là. Il travaillera du matin au soir sans rien recevoir de plus que sa pitance, un vêtement quand cela s'avérera strictement nécessaire et si l'année est bonne, un peu de tabac. Ainsi jour après jour il servira d'abord son père, puis son frère, puis son neveu... jusqu'à ce qu'il soit vieux. On lui assignera alors des tâches plus légères, comme de fabriquer des ruches de roseau et de bouse ou de s'occuper des enfants ou de ramasser le petit bois... Un jour, enfin, il se reposera pour l'éternité avec un soupir de soulagement.

Dans le contrat non écrit qui dicte les relations entre un *tión* et sa maison, il est stipulé qu'il ne pourra jamais se marier, sous peine d'être expulsé immédiatement. C'est la cruauté du milieu qui oblige à cela car une maison ne peut entretenir qu'une famille.

Les *secundones** qui ne veulent ou ne peuvent rester dans leur maison sont embauchés comme bergers ou comme domestiques par une autre maison plus fortunée. Cela leur permettra d'avoir un peu d'argent à eux, mais pas suffisamment pour fonder une famille; en échange de cet argent qui leur permet quelques menus plaisirs, leur situation est beaucoup plus précaire et s'ils tombent malades ou ont un accident, ils peuvent se retrouver dans la gêne. À la fin de leur vie, quand leurs forces diminueront, ils se donneront à la maison où ils ont toujours travaillé, avec leurs misérables économies. Puis ils travailleront gratuitement, autant que leurs forces le leur permettront et ceci jusqu'à la mort.

Si quelqu'un se demandait pourquoi ces *secundones* n'apprennent pas un métier comme charpentier ou maçon, ou encore cordonnier, j'expliquerais que ces métiers sont jalousement gardés par certaines des familles pauvres, presque sans terres ni bétail et comme ils sont leur unique patrimoine, elles ne les transmettent qu'à leur héritier.

Enfin, les *tiones* qui ne se résigneraient pas à choisir entre ces deux sorts font leur balluchon avec quelques habits, y mettent une miche de pain et quelques pièces de monnaie et partent tenter leur chance ailleurs. Rares sont ceux qui osent partir et plus rares encore ceux qui améliorent leur situation. Il circule des histoires de gens audacieux qui ont triomphé à Saragosse ou à Barcelone, ou même en Amérique. Mais moi je sais qu'il est très difficile de réussir pour un paysan à moitié analphabète et je crois que, malgré leurs illusions, ils le savent eux aussi. C'est pour cela qu'ils se résignent à vivre leurs jours de dur labeur.

---

* *Secundones : terme désignant tous les enfants qui n'hériteront pas.*

Qu'arrive-t-il quand l'amour, malgré le travail exténuant, naît chez l'un de ces déshérités, plus fort que la maison qui l'alimente, le protège et le domine? Tout et tous complotent pour le détruire, car il menace la survie même de la communauté. C'est tout simplement intolérable. Non pas selon un concept cul-bénit de moralité, puisque tous (sauf don Felipe) acceptent, si le besoin physique est très pressant, qu'un jeune homme paie quelques sous à Jacinta, de *casa Alins*, ou à Pilar, de *casa Chuliá*, qui le soulageront sans qu'il y ait à craindre de futures naissances. Non, ce qui est réellement dangereux, c'est que cet amour vienne perturber l'ordre social qui garantit la subsistance au sein d'une nature implacable.

Mais les hommes et les femmes de cette région sont aussi tenaces dans leurs sentiments que lorsqu'ils travaillent, année après année, les terres pauvres qui leur permettent à peine de vivre. Pendant longtemps ils peuvent lutter secrètement, silencieusement, sans qu'aucun geste ni éclat dans leurs yeux ne trahissent leur ferme détermination.

Peu à peu, l'amour et la haine s'entremêleront jusqu'à ce qu'un jour plus personne ne puisse continuer à feindre de ne pas les voir, à faire comme s'il ne se passait rien car personne ne dit rien. Ce jour-là, avec cet instinct paysan qui permet de pressentir la pluie, nous saurons tous que le sang approche.

Chapitre 3

Lorsque je composai cette première et fausse version des faits à laquelle j'ai fait référence, tous affirmaient que Ramón, de *casa Badiello*, avait fait preuve d'un esprit retors et pervers depuis sa plus tendre enfance. Pour appuyer cette affirmation, ils alléguaient son habitude de voler les fruits des arbres ou racontaient de lui certaines espiègleries telles que boire, quand il était enfant de chœur, le vin de messe jalousement gardé par don Felipe; ou la fois où il avait fait sortir la truie de madame Antonia, de *casa Miquela*, pour tenter de la monter comme un cheval et où il avait juste gagné une morsure qui pour un peu lui arrachait le mollet. Pour souligner sa nature lubrique dès l'enfance, beaucoup rappellent même qu'en compagnie d'autres enfants, il tentait d'apercevoir ce qui se passait dans l'auberge où dorment les muletiers des attelages se dirigeant vers les cols de la chaîne pyrénéenne. Dans cette auberge, qui se trouve à la *casa Chuliá*, vit Pilar, abandonnée lorsqu'elle était enfant, puis recueillie par cette maison. Elle offre son corps à ceux qui y logent ainsi qu'aux *tiones*, aux bergers et aux journaliers du village quand ils parviennent à gratter sur d'autres besoins les deux pesetas que coûtent ses services.

À tout cela je dis : des sottises, rien que des sottises! Quel enfant n'a jamais volé de fruit? Et non seulement par faim, pourtant bien réelle dans les maisons pauvres, mais aussi par plaisir de l'interdit. C'est une petite infraction qui a toujours été tolérée pourvu qu'ils ne ramènent rien chez eux, même si la coutume exige du propriétaire qu'il se montre renfrogné et en colère, qu'il crie et esquisse même une course-poursuite.

Et ne parlons pas des espiègleries. Les enfants des maisons riches, disposant de plus de temps pour les manigances, en commettent davantage que ceux des maisons pauvres, qui passent leur journée à travailler.

En ce qui concerne Pilar, ils feraient tous mieux de se taire et d'avoir honte d'eux-mêmes. Il est logique que les enfants éprouvent de la curiosité à ce sujet et plus encore en entendant chuchoter les anciens comme si c'était quelque chose de mystérieux; enfin, s'il épiait Pilar, il n'a rien fait que les autres enfants ne fassent pas. Nous devrions plutôt, nous adultes, rougir qu'une enfant trouvée finisse ainsi sans que personne ne proteste puisqu'elle n'appartient à aucune maison qui la défende. La situation de Jacinta, de *casa Alins*, est différente. Il est vrai que *casa Alins* est pauvre, plus que pauvre et les pesetas rapportées par Jacinta leur ont servi à acheter deux mulets sans lesquels ils seraient morts de faim; mais si Jacinta se consacre à ce à quoi elle se consacre, c'est parce qu'elle ne veut pas travailler comme toutes les autres, même si, pour être honnête, je dois dire qu'elle a eu un fiancé, un maître-berger très courageux qui disparut après l'avoir mise enceinte. Mais bon, Jacinta a des frères et elle peut se promener à leurs côtés sans que la marmaille ne lui lance des pierres ou ne lui crie des insultes grossières, insultes dont les enfants ignorent non seulement la signification, mais aussi la cruauté.

Je n'ai eu Ramón à l'école que trois ans et je peux assurer que je n'ai rien vu d'étrange en lui. Un gamin éveillé, aux yeux bleus, très beau malgré son visage sale, qui apprit rapidement le peu de choses que j'eus le temps de lui enseigner. Ce qui est sûr, c'est que cela m'a fait de la peine lorsque à huit ans sa famille l'envoya travailler comme aide-berger; mais bon, on sait bien que dans les maisons pauvres, l'enfance ne dure guère.

«Ils ont la belle vie maintenant les apprentis!», s'exclament les vieux maîtres-bergers avec une pointe d'envie dans la voix. C'est qu'il y a quarante ou cinquante ans les chiens dressés n'existaient pas, cette race de chiens de berger, petite, laineuse et intelligente, qui dirige les troupeaux selon les ordres des pasteurs. Avant, pour se faire aider dans leurs fonctions, les bergers ne disposaient que du mâtin des Pyrénées, dont le cou est protégé par un collier hérissé de clous, féroce gardien du troupeau contre les loups et les voleurs. Cependant, comme il y a de moins en moins de loups, aujourd'hui les bergers apprécient moins ce fidèle compagnon.

Le travail que les chiens dressés réalisent aujourd'hui était auparavant dévolu aux aides-bergers, des enfants entre sept et douze ans qui passaient leur journée à courir autour du troupeau, suivant les ordres donnés par le berger. De nos jours, par contre, ils se chargent de tâches plus légères : ils vont du village aux pâturages pour apporter les repas, les médicaments et les ordres des éleveurs aux bergers et retournent des pâturages au village pour informer les propriétaires de l'avancée de leurs troupeaux; ou bien ils ramassent le bois nécessaire pour cuisiner ou portent la gourde de vin d'un berger à l'autre... Bien entendu, ils doivent supporter, comme les adultes qu'ils accompagnent, des orages dont ils se protègent avec une peau de chèvre – le parapluie est cher et seuls les maîtres-bergers peuvent se permettre d'en avoir un. Et lorsqu'il est impossible de ramener le troupeau dans une bergerie parce qu'il est trop éloigné du village ou si celle-ci est trop petite pour tous les bergers, les apprentis doivent dormir à l'air libre et endurer le givre et la rosée. Mais ainsi va la vie du berger et comme ils le disent eux-mêmes, si tu ne peux pas la supporter, mieux vaut pour toi mourir vite.

Ramón, de *casa Badiello*, commença donc, comme tant d'autres des maisons pauvres, à apprendre le métier de berger en travaillant comme aide-berger. Puisque *casa Badiello* est une des maisons les plus misérables et que Ramón avait déjà d'autres frères *tiones* plus âgés qui s'occupaient des rares bêtes et des pauvres champs qu'ils possédaient, il entra au service de *casa Torrera*.

Il commença à vivre la vie de berger, à manger des miettes de pain frites avec un peu de lard et de pomme de terre comme plat quotidien, à apprendre à supporter le froid et le soleil, à manier la fronde et le gourdin, à connaître les nuages et les vents. Je crois que dans le fond, il aimait cela, parce que cela convenait bien à son esprit vif et rebelle, épris de liberté.

Parfois, à la nuit tombante, il venait chez moi et me demandait un petit livre qu'il puisse lire sans trop de difficultés. Cela m'attendrissait et, inconscient du futur que j'étais en train de semer, je lui prêtais quelques contes de Grimm ou d'Andersen. Plus tard, lorsqu'il eut plus de facilité à lire, je lui laissai un ou deux romans. Il est vrai qu'il me les rendait parfois humides, lorsqu'un orage les surprenait dans la montagne et que l'eau traversait sa gibecière graissée; mais moi, cela ne m'a jamais vraiment dérangé. C'était tellement agréable de voir quelqu'un aimer les lettres comme moi!

Mon travail est certainement ingrat. Aux enfants des maisons pauvres, qui n'hériteront pas, j'enseigne seulement à compter et à identifier les quatre lettres de leurs prénoms, pour qu'ils puissent signer au lieu de tracer une croix honteuse; bientôt, à sept, huit ou avec un peu de chance à neuf ans, ils doivent commencer à participer aux tâches de la maison. On donnera aux héritiers une éducation complète, car pour tenir les comptes de leur maison ils doivent savoir lire et connaître les quatre opérations; ils resteront donc à l'école jusqu'à l'âge de onze ou douze ans. Enfin, paradoxalement, les *secundones* des maisons riches sont ceux qui restent à l'école jusqu'à ce qu'ils aillent étudier, internes dans un collège, pour devenir militaires ou pour suivre d'autres études ou pour entrer au séminaire.

Même une éducation si précaire est considérée comme excessive et luxueuse et il n'est pas rare que les enfants manquent l'école lorsque la maison a besoin de leur aide. Ne parlons même pas de leur donner des devoirs pour le dimanche. Ils le passent à parcourir les sentiers à la recherche des flocons de laine que les moutons laissent accrochés dans les buissons ou à ramener au potager de leur maison les crottins abandonnés sur les chemins par les montures.

On comprendra que j'avais une prédilection toute particulière pour ce garçon qui se rebellait contre un destin d'ignorance et qui, pendant son temps libre, préférait lire plutôt que de sculpter des statuettes ou des cuillères dans les racines de buis ou de chanter les couplets traditionnels. Il dut sans doute supporter de nombreuses moqueries. Je sais maintenant que tous considéraient ce penchant pour la lecture comme un signe d'étrangeté, comme un stigmate qui le marquait et le séparait des autres. J'ai même cru remarquer, lorsque je recueillais les versions que l'on m'obligeait à écrire, un certain reproche silencieux : il est bien qu'un berger sache compter pour savoir s'il lui manque une brebis et le fait que tous sachent signer et lire leur prénom donne même un certain prestige au village; mais ils ne doivent pas en savoir davantage. Parce que alors les gens commencent à rêver et à vouloir que les choses soient différentes; mais comme le monde est comme il est et ne peut ni ne doit changer, des malheurs et des tragédies surviennent alors, comme ceux qui se sont produits.

Bref, j'ignorais tout cela et ne pensais pas être en train d'alimenter autre chose qu'un légitime désir de connaissance. Je ne pouvais pas me douter qu'après avoir lu des romans de Walter Scott, il imaginerait que les troupeaux étaient des armées; sa houlette, une lance; sa fronde, un arc; les bergeries où il dormait, des forteresses. Et surtout, je ne pouvais pas prévoir qu'il rêverait d'une dame qu'il aimerait et dont il serait aimé. Si je l'avais su, j'aurais éprouvé de la peine et de la crainte, car il y a des choses que sa naissance lui interdisait. Mais cela n'est dit dans aucun des livres que je lui laissais.

J'ai été un témoin privilégié de ce qui fut à l'origine de tous les événements postérieurs. Ce devait être peu après la nuit de la Saint-Sylvestre de mille neuf cent vingt-sept, ou peut-être mille neuf cent vingt-huit; il avait bien neigé et les brebis se trouvaient dans les étables, ce qui offrait aux bergers un repos inespéré.

J'avais été invité à manger à *casa Torrera*, l'une des maisons les plus fortunées du village. Sur *casa Torrera* convergeaient les regards de tous les héritiers de la contrée pour une raison d'une rareté et d'une importance exceptionnelles : elle pouvait devenir leur. Ce n'est pas rien, si l'on tient compte du fait que le patrimoine de *casa Torrera* est constitué de six paires de mulets pour labourer, deux jougs de bœufs, plus de cinq mille brebis, trois cents chèvres, dix vaches, quarante *yugadas**

---

* *Yugada (qui vient du mot yugo, «joug») : surface de terre labourable en une journée par une paire de bœufs soit environ un tiers d'hectare.*

de prairies fourragères, cinquante *yugadas* de terre à blé (dont dix se trouvent près de la rivière et sont de premier ordre)... Ajoutons à cela les vignes, les amandiers, les oliviers, les jardins potagers, les champs de pommes de terre, les chènevières, les oseraies et la garrigue pour le bois de chauffage, tout cela en abondance et nous nous ferons une idée de l'importance de son patrimoine et des raisons de l'intérêt des autres maisons.

Le maître de *casa Torrera* s'appelle Mariano, Mariano Banegas, au cas où vous seriez curieux de connaître son nom, et la maîtresse, sa femme, Elisa. Le fruit de leur mariage fut une fille appelée Alba, d'un âge proche de celui de Ramón. Alba eut la chance de venir au monde dans une famille aussi aisée, car dans une maison plus pauvre il est rare que les premières-nées survivent, naissant habituellement sans vie ou mourant dès leur premier jour : il est fort coûteux d'entretenir une fille qui ne va donner aucun bénéfice à la maison et qu'en plus il faudra doter. Non, c'est un luxe que l'on ne peut se permettre que lorsqu'il y a déjà quelques garçons fournissant le travail nécessaire.

Mais don Mariano pouvait avoir une fille, même plus – ne possède-t-il pas cinquante *yugada*s de terre à blé? – et Alba put vivre.

Peu après la naissance d'Alba, don Mariano attrapa les oreillons. Attraper les oreillons à trente ans, rendez-vous compte! Tout le village riait, imaginant son visage enflé comme un gland. Quand un des travailleurs fut envoyé à dos de mule chercher un médecin, nous commençâmes à nous inquiéter : on ne fait pas venir un docteur, qui se trouve à une journée entière de voyage, pour de simples oreillons. Il est vrai que *casa Torrera* peut se permettre ce luxe et tout ce qu'ils veulent mais étant donné le caractère pingre du maître et de la maîtresse – identique d'ailleurs à celui de tous les maîtres et maîtresses de la contrée –, ceci nous étonna beaucoup.

On soumit alors *casa Torrera* à un siège resserré et à l'interrogatoire, tous ceux qui en sortaient. À la fin, l'énigme fut résolue. Il semblerait que l'inflammation des oreillons avait gagné ses parties masculines, ce qui lui provoquait de très intenses douleurs qui ne cédaient ni avec les bains froids ni avec les racines d'orchidée que l'on prenait toujours dans ces cas-là.

L'hilarité des habitants du village ne connut aucune limite. Apparurent des couplets malintentionnés dans lesquels on faisait mille et une suppositions sur les différents usages que Mariano avait de ses parties intimes et sur leur relation avec son inflammation de la bouche. Au bar, les hommes avançaient des hypothèses sur la taille qu'elles pouvaient avoir et firent même de juteux paris à ce sujet. On parodia aussi la façon dont il devait marcher avec une pareille bosse entre les jambes.

Quelle cruauté – pourriez-vous penser –, se moquer ainsi d'un malade! Mais comprenez qu'ici il se passe peu de choses et parmi celles-ci, plus rares encore sont celles qui prêtent à rire. Ainsi, ne vous étonnez pas qu'à la moindre anecdote pouvant être l'occasion de se divertir on s'en délecte, on s'en rebatte les oreilles, on la garde comme un trésor et on la raconte encore et encore, année après année. Cette ruade d'un mulet qui lança oncle Anselmo dans l'abreuvoir ou lorsque María, de *casa Bardal*, tomba la tête la première du fenil pour atterrir sur un tas de paille et s'y enfoncer en nous montrant à tous ses cuisses... et ce qu'il y a entre! Ce sont des anecdotes sans importance, idiotes, mais qui font partie des rares choses agréables qui nous arrivent. Sinon, de quoi voulez-vous que nous parlions quand nous sommes au bar et que nous buvons un peu de vin? Des nuages sombres qui menacent de lapider les récoltes et de répandre la faim dans les maisons? Ou des enfants que tous les parents ont perdus à cause du typhus, de la pneumonie, de la scarlatine ou d'on ne sait quoi parce qu'il n'y avait pas d'argent pour appeler le médecin? Ou de si notre femme mourra pendant l'accouchement, comme tant d'autres mères?

Que le lecteur comprenne que ces petites blagues, cruelles, le sont moins que la vie des gens d'ici; si les commères veulent savoir ce qu'on fait, c'est qu'elles ont à vivre des existences vides; si nous nous moquons de tout, c'est pour ne pas pleurer.

Don Mariano essaya de garder secret ce que lui avait dit le médecin, mais ce fut inutile. Il y eut d'abord une rumeur sourde, comme celle du torrent lorsqu'il grossit au printemps; puis elle monta en puissance, au fur et à mesure que l'hypothèse s'affirmait; enfin elle devint une certitude : don Mariano était devenu stérile. Que l'on ne me demande pas comment cela a pu se savoir : peut-être une parole imprudente dite dans la salle à manger alors que le couple se croyait seul ou bien une phrase murmurée dans l'intimité d'une alcôve... *Casa Torrera* est très grande, comme il se doit pour une maison de son rang, mais les cloisons sont minces et tant de personnes y vivent entre les domestiques, les servantes, les laboureurs, les bergers...

Ce que le médecin avait mentionné comme une possibilité se transforma, dans tous les esprits, en une certitude lorsque les mois passèrent et qu'Elisa, sa femme, ne tomba pas enceinte. Et comme l'esprit rustique ne distingue guère la stérilité de l'impuissance et de la castration, on infligea à don Mariano un surnom acerbe : le Chapon. Fichtre! Tout un chacun avait un compte à régler avec *casa Torrera*, ils n'allaient pas laisser passer cette occasion.

Cette histoire de surnoms est une chose curieuse. Ils naissent suite à n'importe quelles broutilles et s'agrippent à leur victime comme une sangsue. Au début on résiste, on s'énerve, on refuse de répondre quand on nous appelle ainsi; mais tôt ou tard il faut se résigner à être «le Maure» ou «le Noir», ou «le Blanc», quand bien même rien ne viendrait le justifier. Et on peut être reconnaissant si ce n'est pas un surnom trop insultant.

Mais celui du «Chapon»... est vraiment venimeux. Lorsque don Mariano s'en rendit compte, parce que la victime d'une insulte doit s'en rendre compte sinon ce n'est pas amusant, il devint furieux. Cette nuit-là, il remplit son devoir conjugal d'une telle façon et tant de fois à la suite que personne de *casa Torrera* ne put dormir, parce que don Mariano s'assura de réaliser bruyamment l'acte ou plutôt les actes.

Inutile, tout fut inutile. Seul un enfant pouvait détruire le surnom mais cet enfant ne vint pas ni ne devait jamais venir. Au bout d'un an, enragé et désespéré, il commit l'un des pires délits qui puisse être commis ici : il croisa Manuela, la femme de José, le maître de *casa Mozcos* et sans presque lui dire un mot, la culbuta. Comme on le comprendra, il s'agit d'une offense mortelle pour *casa Mozcos*, lorsque l'enfant naîtrait, personne ne saurait qui en est le père et cela coûte déjà bien assez d'élever un enfant, alors si ce n'est pas le tien! Normalement, l'affaire aurait été réglée par une bonne raclée pour la femme et selon l'humeur et le courage du mari, par une autre raclée pour le coupable ou alors un soir, un fusil de chasse aurait tiré derrière quelques arbustes.

Je suis convaincu que don Mariano se fichait complètement de mourir du moment que l'on reconnaissait publiquement sa virilité; mais au lieu de ça tous rirent comme ils riaient quand un bouc châtré tentait une copulation stérile avec une chèvre. Manuela ne reçut même pas plus de deux coups de bâton.

Don Mariano commença alors à harceler toutes les femmes mariées du village et en arriva même à se risquer avec celles de maisons aussi fortunées que la sienne. Il obtint du reste un certain succès car les femmes parlèrent entre elles dans l'intimité du lavoir. Apparemment – que le lecteur me pardonne si je ne suis pas très sûr de ce point précis – les femmes prenaient plus de plaisir avec lui qu'avec leurs maris, en partie parce qu'elles ne craignaient pas de tomber enceinte, en partie parce que don Mariano considérait essentiel pour sa virilité de les amener à plusieurs reprises jusqu'à la plus grande jouissance, ne dédaignant pas pour cela de recourir à des moyens que leurs maris légitimes n'auraient jamais consenti à utiliser.

Ainsi, à travers les rires de tous les autres hommes, don Mariano, plus connu sous le nom du «Chapon», devint une espèce de rustique et pathétique don Juan. Il ne respectait que les vierges, parce que si un homme déflore une femme et ne peut ou ne veut se marier avec elle, il doit alors payer à sa famille une indemnisation équivalente à la meilleure dot qu'il faudra donner au futur mari pour qu'il l'accepte; et même lorsqu'un montagnard s'égare, comme dans le cas de don Mariano, il veille à ne pas dépenser inutilement.

Lorsque la maîtresse, Elisa, vit que son mari ne dilapidait pas l'argent du patrimoine et qu'elle fut convaincue que personne ne la libérerait de lui d'un coup de fusil, elle se résigna et se consacra à l'administration de la maison, bien négligée par son époux, et à sa fille. Cependant la brave femme n'eut guère de temps pour cela, car deux hivers plus tard la phtisie dont elle souffrait s'aggrava et finit par l'emporter.

Don Mariano tenta de se remarier mais personne ne voulut donner sa fille au «Chapon» malgré les propositions juteuses qu'il faisait. Il alla même jusqu'à dépuceler deux jeunes vierges de maisons pauvres, mais les maîtres préférèrent se faire dédommager économiquement plutôt que de les lui donner en mariage. Finalement, il se résigna à rester veuf et engagea une gouvernante pour s'occuper de la maison et veiller sur sa fille.

J'étais invité à manger dans cette maison avec don Mariano (ne l'appelez jamais le Chapon si vous ne voulez pas qu'il se fâche). Dans le patio jouait Alba qui, gâtée par son père, continuait d'aller à l'école bien qu'elle eût déjà treize ans. Alba était une gamine silencieuse même dans ce monde de gens silencieux, mais au sourire – et même au rire – faciles. Intelligente, bonne élève et à la voix si agréable que je la choisissais toujours pour la récitation lors de la fête de l'école. Son visage était doux comme celui de sa mère et sa mâchoire délicate, différente de ces mâchoires montagnardes carrées, endurcies par la mastication du pain noir cuit au four il y a des semaines;ou peut-être à force de serrer les dents pour ne pas se plaindre malgré les souffrances continues. Elle était trop mince au goût des gens d'ici, pourtant à moi elle me semblait belle. Ses yeux bleus me rappelaient une de mes anciennes fiancées qui... mais peu importe. J'ai dit que c'était une bonne élève et elle aimait donc lire, en particulier des romans. Des romans comme ceux que Ramón, le berger, lisait également.

Elle était en train de jouer avec d'autres gamins de son âge appartenant à sa maison parmi lesquels se trouvait Ramón, car elle n'était toujours pas parvenue à assumer les évidentes différences sociales et choisissait encore ses compagnons de jeu selon qu'ils étaient amusants et agréables et non selon la situation qu'ils occuperaient dans le futur de notre petite communauté.

Ils jouaient à *sacar damas y caballeros**. Bon, pas exactement à ça parce qu'ils n'étaient pas encore des jeunes hommes ni des jeunes filles. Le jeu, auquel on s'adonne habituellement une

---

* *Tirer au sort son cavalier.*

fois par an, durant la nuit de la Saint-Sylvestre, se déroule ainsi : on met dans une corbeille en paille les prénoms des garçons et dans une autre, ceux des filles; on les tire par paires et on forme des couples qui doivent danser ensemble cette nuit-là. Sans doute, les aînés l'avaient-ils expliqué aux plus jeunes et ces derniers le reproduisaient maintenant à leur manière, assurément bien plus amusante. Dans le panier des garçons on avait ajouté de nombreux noms d'animaux mâles : le mulet, le bouc, le mouton... et dans celui des filles, de femelles; de cette façon, bien souvent on tirait des couples extravagants et absurdes qui provoquaient l'hilarité : María, de *casa Mateu*, devait se marier avec le chat et ils durent poursuivre le petit animal dans toute la cour jusqu'à l'attraper afin que la petite fille dépose un baiser sur son museau; Miguel, de *casa Andrés*, dut embrasser Morena, une chienne de chasse épagneule un peu galeuse.

Je les regardais et m'amusais avec eux. Ils tirèrent de nouveau au sort et ce fut au tour d'Alba et de Ramón de s'unir. Tous rirent beaucoup. En dépit de leur jeunesse ils comprenaient que c'était un couple aussi absurde que celui de María et le chat ou de Miguel et Morena et ils les marièrent pour plaisanter. Cependant, quand ils se donnèrent le baiser, il y eut quelque chose qui m'inquiéta terriblement. Peut-être qu'il dura un instant de trop ou que leurs corps s'approchèrent un peu trop près.

Quand chacun revint à sa place, je perçus un étrange éclat dans le regard de Ramón; je ne peux pas dire si Alba avait le même, elle était assise de telle manière que je ne pus voir ses yeux. Avant que j'aie pu observer quoi que ce soit d'autre, on nous appela pour manger et nous nous dispersâmes, Alba et moi vers la salle à manger, les autres vers leurs domiciles ou, dans le cas de Ramón et d'autres jeunes serviteurs, vers le sous-sol où ils mangeaient.

Le lendemain, très tôt, avant que le jour se lève, on appela à ma porte. Je l'ouvris et Ramón était là, sur le seuil, enveloppé dans sa peau de chèvre, avec ses guêtres de bouleau lui couvrant les mollets pour que la neige ne lui mouille pas les bas.

Il me dit qu'il m'apportait quelques journaux. Dernièrement, j'avais commencé à lui en laisser après les avoir lus pour qu'il s'informât de ce qui se passait dans le monde, même si les événements qui pouvaient survenir l'affectaient peu. Bien sûr, je les lui prêtais à condition que lorsqu'il les terminât, il me les rendît car ils m'étaient bien utiles pour allumer le feu ou pour me protéger le torse.

Bien entendu, cela ne justifiait pas une visite de si bonne heure. J'allumai une torche pour nous éclairer, parce que je n'avais presque plus de cette huile pour les lampes que j'avais achetée l'année précédente et je ne pouvais en racheter qu'un mois plus tard. Je lui demandai ce qu'il voulait.

Il se frotta un peu les jambes, se racla la gorge, regarda tout autour de lui et finalement me dit :

«Qu'est-ce que je peux faire pour gagner beaucoup d'argent?»

Si un gosse de treize ans vous réveille au petit jour – je ne sais quelle heure il pouvait être, mais tôt – et pose cette question, il y a peu de chance que vous y répondiez correctement. Il est du reste toujours ardu d'y répondre : si je le savais, que ferais-je alors dans cette bourgade oubliée de Dieu? Je préférai lui répondre en l'interrogeant à mon tour :

— Et pourquoi veux-tu gagner beaucoup d'argent?

— Pour me marier avec Alba, celle de *casa Torrera*.

Ce n'était donc pas pure imagination de ma part! Je ne pus que sourire en voyant un enfant penser à des choses pareilles. Cependant, l'espace d'un instant la cruauté du sort de Ramón devint pour moi évidente : tant de rêves pour rien! Il garderait des brebis toute sa vie et jamais ne gagnerait assez pour entretenir une femme – ne parlons pas d'Alba qui n'est pas à sa portée, mais d'une *secundona* d'une maison pauvre – pour le moins d'ici à ce qu'il devienne maître-berger. Oui, lui il serait maître-berger, parce qu'il était fort et intelligent, mais pas avant ses cinquante ans. Personne ne confiait la direction des troupeaux à quelqu'un de plus jeune. À ce moment-là, il ne pourrait plus fonder une famille car bien vite ses forces déclineraient et il devrait se donner à la maison à laquelle il s'était dévoué pendant toute son existence.

Quant à Alba, ce n'était même pas la peine d'y songer. Depuis que son père n'était plus don Mariano mais le Chapon, toutes les maisons importantes rivalisaient pour marier leur héritier avec elle. C'était une opportunité exceptionnelle. Au lieu d'exiger une dot de la fiancée, comme d'ordinaire, maintenant ils proposaient à son père les meilleurs champs, les paires de mulets les plus forts, les bergeries les plus abritées... Rien n'était de trop tant que l'on enchérissait sur la maison rivale; les maîtres, normalement si avares, ne mesuraient plus leurs offres parce qu'en fin de compte, par la suite, tout reviendrait au patrimoine. Quelle chance avait Ramón, même s'il gagnait beaucoup d'argent? Non, même si elle tombait enceinte de lui, ils l'obligeraient à prendre des infusions de rue pour avorter ou bien l'enfant mourrait pendant l'accouchement ou encore ils l'abandonneraient dans un hospice. Ensuite Alba se marierait avec celui que son père choisirait. L'enjeu était trop important pour que la vertu de la jeune fille entre en compte.

— Tant que son père vivra, répondis-je à Ramón, tu ne pourras jamais te marier avec Alba.

Il resta pensif un moment, et me demanda encore :

— Et s'il mourait?

Je sursautai.

— Et pourquoi est-ce qu'il mourrait? C'est un homme très fort et encore jeune, qui n'est atteint d'aucune maladie et ne souffre pas de la faim. Dans mon for intérieur, j'ajoutai : et il semblerait que personne ne prenne très au sérieux sa lascivité.

— Le problème, continuai-je, est que toi tu ne pourras jamais avoir autant d'argent ni de terres ni de bétail que les maisons importantes du village; et c'est normal que son père veuille la donner au plus riche puisqu'il peut choisir.

— Ce n'est pas juste! s'exclama-t-il amèrement. Pourquoi les maîtres et les héritiers ont autant d'argent et de terres, et de bétail, dorment dans des lits, mangent ce qu'ils veulent et peuvent se marier? Moi aussi je sais lire et je peux compter les brebis qu'il y a dans le troupeau, pas comme les autres bergers, qui tous les cinquante doivent prendre une petite pierre, et j'ai même lu des livres que les héritiers ne connaissent pas.

Je laissai échapper un soupir. Poser ce type de questions était justement ce qui avait interrompu ma carrière et m'avait conduit à l'exil dans ce village oublié du monde. Il n'était pas bon qu'un pauvre berger se les pose.

— Et si je partais loin du village, à Saragosse, à Barcelone, en Amérique? Je sais lire et écrire, multiplier des nombres (bon, parfois je me trompe), je sais qui est Staline et Mussolini et García-Prieto et beaucoup de gens qui paraissent dans les journaux. Là-bas c'est sûr, je gagnerais beaucoup d'argent, plus qu'en étant berger!

Comment faire comprendre à un enfant qui commence à être un homme que pour gagner de l'argent il ne suffit pas de savoir lire, écrire et multiplier même s'il ne se trompait pas? Comment lui parler des usines où l'on travaille douze ou quatorze heures, des quartiers ouvriers frappés par la phtisie, des éboulements dans les mines? Et comment lui expliquer que, bien qu'il lui semble que ces travailleurs gagnent une fortune, ils doivent ensuite acheter tout ce qu'ils mangent car leurs maîtres ne leur donnent rien; et payer des loyers, des tramways et des vêtements? Comment comprendrait-il que lorsqu'un ouvrier se fait vieux il ne peut se donner à son maître et, s'il n'a pas d'enfants pour l'entretenir, il se retrouve dans la misère? Non, je ne pus rien lui dire, sauf que là-bas on ne gagne pas autant d'argent qu'on le pense; et que surtout, à son retour, s'il s'en allait, Alba serait certainement déjà mariée à un autre.

Il retourna à sa besogne, tête basse. Il devait donner du foin aux brebis maintenant que tout étant recouvert de neige, elles ne pouvaient plus paître. Je revins au lit, pour ne pas gaspiller plus de torches et essayai de m'endormir sans y parvenir, même en me répétant à moi-même : ce sont des histoires de gamins! Il les oubliera bientôt! Peut-être qu'au fond de mon cœur, je savais que ce n'était pas vrai.

Chapitre 4

Nous ne reparlâmes pas de ce sujet et si je n'avais pas connu Ramón aussi bien, j'aurais dit qu'il avait oublié son amour de jeunesse. Mais quelque chose dans l'acharnement avec lequel il travaillait, dans sa persévérance dans la lecture et les exercices de calcul, dans la féroce détermination de son regard, me disait que non, sa passion pour Alba brûlait toujours en lui.

La majorité d'entre nous les hommes, nous travaillons pour continuer à vivre, sans très bien savoir pourquoi nous existons et nous réalisons notre tâche honnêtement mais sans trop de zèle. D'autres travaillent par ambition, bien qu'ils aient suffisamment pour survivre, ils souhaitent avoir plus pour surpasser leurs voisins, pour ajouter des terres à leur patrimoine, pour se démontrer à eux-mêmes qu'ils valent mieux que les autres, pour obtenir du pouvoir ou des honneurs, et – vains efforts – ils agissent comme s'ils ne devaient jamais devenir poussière. Ces hommes et ces femmes sont ceux qui construisent les usines, ceux qui bâtissent les villes, ceux qui gouvernent les États.

Cependant il existe une catégorie particulière d'hommes qui sentent au plus profond de leur cœur un irrépressible désir.

Une ivresse brouille et en même temps aiguise leur entendement; une force plus puissante que les conventions sociales et que la sage prudence les entraîne à commettre des folies. Ces hommes sont ceux qui perturbent le monde ou bien le sauvent; ceux qui provoquent les révolutions ou les étouffent dans le sang; ceux qui produisent les œuvres d'art ou ceux qui les détruisent. S'ils sont capables de mourir pour ce qui jaillit de leur âme, ils deviennent des martyrs, des saints ou des mystiques; si pour cela ils sont capables de tuer, ils seront terroristes, conquérants ou dictateurs. Je crains bien que Ramón, le jeune et silencieux aide-berger aux yeux bleus, appartienne à ce type de personnes et bien que je sois sûr que dans ses rêves il se montrait prêt à mourir pour son amour, sa lutte quotidienne pour la survie le rendait davantage enclin à lutter pour lui, impitoyablement.

Qu'on me comprenne bien. Je ne suis pas en train de défendre l'idée, comme tous ceux du village, que Ramón fût pervers depuis son enfance. Loin de là. Les hommes de cette terre, montagnards rudes et endurants, luttent depuis la naissance contre une nature hostile et inhospitalière, très différente de celle dont jouissent ceux de la plaine. Ici chaque boisseau de blé doit être arraché dans la sueur; les champs doivent être épierrés année après année; les montagnes qui nous entourent et qui fournissent les pâturages sont, en même temps, un nid d'orages et de tempêtes. Et de tous les hommes de la montagne, les plus durs sont les bergers. Ils doivent marcher toute la journée sur d'étroits sentiers, s'égratigner avec les ajoncs, braver les loups et les vipères, supporter les pluies sans abandonner leur poste... Donnez-leur, à ces bergers, un drapeau sous lequel lutter et ils deviendront de féroces soldats qui descendront dans la vallée pour conquérir les villes maures; ou bien désignez-leur un continent lointain qui puisse les sortir de la pauvreté et ils anéantiront des civilisations millénaires; mais pour l'instant ils gardent les troupeaux et ceux qui ne les connaissent pas confondent leur résistance tenace à la douleur avec la résignation et leur attente patiente du moment de la vengeance avec la mansuétude.

Désormais, Ramón avait un drapeau à suivre et un paradis à gagner et s'il était capable de lutter pour ça, n'importe lequel de ses compagnons aurait été aussi décidé et persévérant que lui.

Peu après, Ramón fut élevé au rang de troisième berger et cessant de se consacrer à sa tâche d'apprenti, il commença à gagner quelques pesetas chaque année.

Normalement, c'est à la foire de la Saint-Michel, à la fin du mois de septembre, que l'on confirme un berger. Le contrat presque toujours oral établit, selon la coutume, que l'éleveur le logera, le nourrira et lui fournira parfois quelques outils ou vêtements : des sandales, un couteau, une cape... Pendant l'année, au fur et à mesure que le berger a besoin de quelque chose, le maître le lui fournit et note son prix afin de le déduire au moment de le payer; il retiendra aussi les jours où le berger a été malade et les brebis perdues du fait de sa négligence selon lui. Ainsi, parfois, le berger se retrouve endetté au lieu de gagner de l'argent.

Ramón se soumit à un régime spartiate, même du point de vue d'un berger. Il ne se mit pas à fumer, comme presque tous les autres, malgré les moqueries de ses compagnons. Je savais que c'était pour ne pas dépenser les quelques sous que coûtait l'horrible tabac avec lequel ils roulaient leurs cigarettes. Il ne buvait pas non plus de *vinada*, boisson de piètre qualité prise par les autres bergers et obtenue en macérant les résidus du pressurage de la dernière vendange. Mais en outre, sauf en hiver, il marchait pieds nus et épargnant ses sandales, il put économiser un peu. Même lorsqu'il tombait malade il n'envoyait jamais chercher de médicament à la pharmacie, en revanche avec les plantes que les bergers connaissent si bien : le plantain pour les yeux et les blessures, les bourgeons de sapin pour les rhumes et les plaies purulentes, le chêne pour les diarrhées d'été, la ronce pour la gorge enflammée... il préparait lui-même ses propres remèdes. Bien entendu, il n'alla jamais rendre visite aux prostituées au grand étonnement de ses compagnons.

Les autres bergers le regardaient et disaient : «Lui, il prépare quelque chose!» Mais ils ne pouvaient pas imaginer, même vaguement, de quoi il s'agissait. Qu'il n'aimât pas aller voir les femmes, ni se distraire en jouant quelques centimes aux cartes... Non, il n'était vraiment pas normal. Et en plus, il lit! Que dites-vous de ça? Ah ça oui, c'est un comble! Lorsqu'il a du temps libre, au lieu de bavarder des animaux, de tel nuage pour savoir s'il est de bon ou de mauvais augure, de comment se présente la saison, ou des hanches et de la poitrine des filles, il sort ces papiers que l'instituteur lui donne et lit des bêtises sur des endroits aussi éloignés que Barcelone ou Madrid ou même plus loin encore.

Ils eurent beau essayer de mille et une manières, ils ne purent lui faire dire pourquoi il gardait cet argent. À la fin de la première année, Ramón avait déjà assez pour s'acheter trois brebis «médiocres». Ne me demandez pas comment différencier une brebis «médiocre» d'une «ordinaire» ni même d'une «bonne». Je sais bien que c'est très facile pour un berger, mais pour moi, que voulez-vous que je vous dise, une brebis est une brebis et c'est tout.

Apparemment, Ramón choyait ses trois moutons, lesquels selon un droit immémorial pouvaient paître avec ceux du maître. Il arrachait pour eux l'herbe verte et tendre des fossés mais jamais quand elle est mouillée parce qu'ils pourraient enfler et mourir. Il leur offrait des branches de frêne en hiver, nettoyait avec de l'huile de cade leur moindre blessure pour éviter que les mouches n'y déposent des larves... Si bien qu'après un an de ce traitement, les trois brebis «médiocres» étaient devenues «ordinaires» et lui avaient donné un agneau et trois agnelles. Il garda les trois agnelles et vendit l'agneau et ainsi, quand son maître le paya l'année suivante, il put s'acheter trois autres brebis, deux médiocres et une bonne.

Au fil des saisons et de nombreux sacrifices, il se constituait un petit troupeau. Au bout de quatre ans, il possédait déjà vingt brebis à lui, ce qui était incroyable pour un aussi jeune berger. J'étais son unique confident. Nous ne parlions pas de la raison de tant d'efforts, il montrait là-dessus une pudeur et une timidité absolues. Peut-être craignait-il que je lui démontre que c'était un rêve inaccessible.

Nous ne parlions que d'un seul objectif : avoir de plus en plus de brebis. Je ne voulais pas le décourager en lui demandant combien il croyait qu'il en faudrait pour acheter – oui, je crois qu'acheter est le mot juste – sa bien-aimée. Mille? Deux mille? Combien de temps resterait-elle célibataire? Elle avait déjà dix-sept ans et si elle n'était pas encore mariée, c'était parce que son père voyait monter les enchères mois après mois et n'arrivait à se décider pour aucune d'elles, sachant que bientôt il en arriverait une autre meilleure. Mais il ne tarderait plus beaucoup.

Non, il ne me parlait que de ses moutons : on dirait que cette brebis porte deux agneaux; celui-ci n'a pas bonne mine, il a peut-être des vers dans l'intestin, je devrais le purger. Je me souviens encore de son désespoir quand un de ses moutons fut atteint du tournis et se mit à tournoyer comme une toupie, sans que ne lui fasse d'effet aucun des remèdes qu'il connaissait, que ce fussent des plantes, des prières, des incantations ou des potions. Tous disent qu'il pleura quand il dut le tuer; ça moi je ne l'ai pas vu, mais bien sûr, ses larmes coulaient quand il me le raconta et il en fut de même lorsqu'une des brebis médiocres qu'il avait achetées mourut pendant l'hiver sans que ses soins ne servent à rien.

Après cela, nous parlions un peu de ce que nous lisions dans les journaux de don Casildo et je corrigeais ses comptes (il divisait déjà assez bien); parfois nous restions en silence à regarder le feu.

Alba continuait de grandir, en taille et en beauté et cessa d'assister à mes cours pour se consacrer aux travaux que dans ces montagnes misérables même les riches héritières doivent réaliser. Elle, elle ne m'accorda pas sa confiance, allez donc savoir pourquoi, peut-être était-elle plus discrète que Ramón. C'est pourquoi je ne peux guère parler d'elle, car si je ne l'avais pas su, je n'aurais jamais deviné que derrière son aspect calme et docile la passion brûlait aussi – ou l'amour, comme on voudra l'appeler – et qu'elle était capable de défier le monde, non de façon violente, mais aussi silencieuse et tenace que les racines des vieux chênes qui parviennent à briser les rochers. Pour moi, son vieil instituteur, c'était encore une gamine.

Un jour d'été, il arriva ce que je savais depuis toujours devoir arriver. C'était inévitable. Dans une maison, il ne peut tout simplement pas y avoir de secrets et son père, le Chapon (excusez-moi, je voulais écrire don Mariano), finit par l'apprendre. Comment avait-il pu le savoir? Avait-il lui-même vu un geste imprudent, un échange de regards, une expression indiscrète? Ou bien était-ce quelqu'un de la maison qui les avait trahis? Mais quelle importance?

Don Mariano était loin d'être idiot malgré son obsession à vouloir démontrer sa virilité et dans cette région les vengeances se font bien ou ne se font pas. Un père moins astucieux se serait mis en colère, aurait mis à la porte le misérable berger qui osait poser les yeux – et qui sait quoi d'autre encore – sur sa fille et sur son patrimoine, et tout le village aurait eu de quoi rire et de quoi médire. De plus, la cote de sa fille aurait baissé un peu, pas beaucoup parce que ce qui intéressait d'elle était l'héritage et non la vertu.

Mais pas lui. Sa riposte allait être si redoutable que personne au village ne rirait parce que tous allaient savoir qu'avec lui il fallait faire attention. La peur remplacerait la moquerie. Il se tut et la seule chose qui trahissait le projet qu'il mijotait, c'était qu'il ne sortait plus aussi souvent à la recherche d'aventures. À part ça, il ouvrit grand les yeux et les oreilles, chargea une femme de confiance de veiller sur sa fille et attendit.

La foire de la Saint-Michel, qui comme je l'ai déjà expliqué est célébrée à la fin du mois de septembre, est une fête très populaire parmi les habitants des villages d'élevage. Les gens apportent sur la place les bêtes qu'ils veulent vendre, les artisans exposent les sonnailles, les cloches, les colliers. Les bergers renouvellent publiquement leurs contrats avec leurs maîtres... Tout cela au milieu d'une bruyante et joyeuse animation qui se termine habituellement le soir par un bal pour célébrer les marchés fructueux que tous, des plus petits aux plus grands, ont réalisés.

Don Mariano demanda à Ramón de conduire quelques brebis sur la place pour les vendre; celui-ci obéit sans se douter de rien. Je le vis et me mis à bavarder un peu avec lui de tout et de rien pendant que son maître discutait du prix avec un marchand. Finalement ils tombèrent d'accord.

Don Mariano se tourna alors vers Ramón et lui décocha l'air de rien :

«Au fait, je dois te dire que je ne renouvellerai pas ton contrat. Prends la journée de salaire que je te dois; aujourd'hui tu peux chercher un autre maître, mais demain tu partiras de chez moi en emportant tes brebis.»

Et n'allez pas croire, tout cela il le dit le sourire aux lèvres! Il ne prononça pas un mot plus haut que l'autre. Puis tranquillement, il partit examiner les clochettes pour les agneaux qu'exposait un vendeur ambulant, un gitan déjà connu d'autres foires.

Ramón, bien sûr, devint blême. Renouveler les contrats à chaque foire de la Saint-Michel est plus un rite qu'un véritable renouvellement; parce que ce n'est qu'exceptionnellement qu'un berger est renvoyé et ce en cas d'inaptitude totale. C'était une véritable insulte. Comme Ramón savait interpréter les silences du langage montagnard, il comprit le pourquoi de ce renvoi mais il n'avait pas encore saisi toute la portée de l'astuce de don Mariano. Il pensa qu'il pourrait trouver un autre patron sans savoir que les jours précédents, son maître avait rendu visite à toutes les maisons fortunées du village pour l'en empêcher, les menaçant de ne pas leur donner sa fille, d'interdire le passage de leur bétail sur ses terres, ou simplement de son inimitié. Pas question de se faire un ennemi d'une maison aussi riche à cause d'un misérable berger de plus ou de moins, avec tous ceux qu'il y a par ici. Ils n'étaient pas disposés non plus à engager quelqu'un d'assez hardi pour faire la cour aux filles de la maison. En plus, nom d'un chien, un berger ne doit pas oublier qui il est ni quelle est sa position; si l'on permettait cela, ils deviendraient audacieux et insolents.

Ramón alla voir tous les éleveurs qui déambulaient sur la place suivi par le regard ironique de don Mariano, lequel continuait à s'intéresser aux clochettes du vendeur ambulant. Mon ami avait l'air d'un lépreux que tous repoussaient ou même d'un fantôme errant de par le monde sans que les hommes le voient. Quand il passait près d'eux, les gens parlaient avec animation et même avec plus d'animation que jamais, pour dissimuler un certain trouble. Ils discutaient pour savoir si ce mouton était encore un agneau, si ce mulet avait déjà toutes ses dents ou de n'importe quel sujet. Et ils feignaient de ne pas remarquer la présence de Ramón quand il s'approchait d'eux. Finalement, lorsqu'il rassemblait suffisamment de courage pour les interrompre et leur demander s'ils avaient besoin de ses services, ils se retournaient vers lui comme s'ils ne s'étaient pas aperçus avant de sa présence et avec le même geste que l'on fait pour chasser une mouche à viande particulièrement pénible, ils lui répondaient que non. Puis ils reprenaient leur dialogue, agacés par cette distraction inopportune.

Quand il eut demandé au dernier éleveur, il commença à proposer ses services aux maisons pauvres à un prix dérisoire, sans plus prétendre à un emploi de berger mais prêt à accepter de réaliser n'importe quel humble travail : construire des murs de pierre, épierrer des terrains, couper du bois... Don Mariano ne leur avait pas rendu visite parce qu'ils n'étaient pas assez importants mais ils se rendirent compte de quel côté soufflait le vent et personne n'osa lui offrir le moindre gagne-pain.

Finalement, il reste planté comme un piquet au milieu de la place, le regard dans le vide pendant que des larmes lui échappent et tracent des sillons sur ses joues. Lui qui par amour avait affronté mille souffrances tout au long de ces années, pleure maintenant. Et tous font comme s'ils ne le voyaient pas. Don Mariano l'ignore avec une supériorité ironique. Les éleveurs et les grands propriétaires ne peuvent éviter de laisser échapper un sourire en voyant l'humiliation de celui qui avait osé les défier. Les petits propriétaires soupirent avec soulagement, se sentant invulnérables car ils n'ont pas à vendre leur force de travail aux maîtres; ils ne se rendent pas compte qu'ils se soumettent aussi à leurs desseins et s'avilissent avec eux. Les ouvriers agricoles, les bergers, les métayers, les *tiones* et en général tous ceux qui ne possèdent que leurs bras, baissent les yeux. Avec une honte que leurs esprits simples ne réussissent pas à interpréter. Tous, que ce soit par haine ou par peur, se sont détournés de lui.

Et moi, me demanderez-vous? N'avions-nous pas, par hasard, pendant toutes ces années, cimenté une amitié? Est-ce que je ne caressais pas l'espoir qu'en dépit de toute logique, il parvienne à se relever d'où le destin l'avait jeté? Pourquoi ne suis-je pas allé vers lui et n'ai-je pas posé ma main sur son épaule?

Je ne suis pas un lâche, ne pensez pas de mal de moi. J'ai eu, moi aussi, mes idéaux et j'ai lutté pour eux. En mille neuf cent neuf je travaillais depuis plusieurs années comme instituteur à l'école moderne de Ferrer Guardia. Tous savent que ce pédagogue a été injustement fusillé au mois d'octobre de cette année-là comme représailles du gouvernement aux événements de la «Semaine tragique» et que les écoles qui travaillaient avec sa méthode furent fermées; mais personne ne pense au sort encouru par les autres instituteurs. Sans travail, rejetés de tous, nous avons souffert une sorte d'exil intérieur et nous nous sommes vus obligés de nous rendre dans des villages aussi pauvres et éloignés que celui-ci.

Au départ, je rêvais de revenir à Barcelone, de me promener sur les Ramblas, de voir mes amis et de refaire le monde avec eux et je détestais ces montagnes inhospitalières, ces froides maisons de pierre, ces gens aux visages tannés et aux cœurs d'acier. Mais tout meurt, même l'espoir. Et la rage laissa peu à peu place à la résignation.

Lorsque la République fut proclamée, j'aurais pu rentrer à Barcelone, mais que serais-je allé faire là-bas? Mes amis m'avaient oublié depuis longtemps, je ne sais même pas où vit ma famille. Et j'ai déjà plus de cinquante ans, je suis trop vieux pour me marier et le serai bientôt pour travailler.

Je me vois comme le vieil instituteur de toujours qui lorsqu'il sera trop affaibli pour enseigner, sera accueilli tour à tour par toutes les maisons à condition qu'il garde un enfant, qu'il balaie une cour ou en échange de n'importe quelle petite bricole que peut faire un vieux. Et vous voudriez que j'échange cette vieillesse contre un taudis solitaire dans une ville où personne ne me reconnaîtra, avec une retraite qui ne me suffira pas pour survivre?

Je ne suis pas un lâche mais pas un héros non plus. Ramón était maintenant le lépreux, le stigmatisé, le corps étranger banni par la communauté et cette lèpre se serait étendue à quiconque aurait osé s'approcher de lui. Et moi, je vous l'ai déjà expliqué, j'ai plus de cinquante ans et ma pitance dépend de la bonne volonté des habitants du village. Non, je ne suis pas un lâche, s'il vous plaît, ne croyez pas que je sois un lâche... J'ai déjà plus de cinquante ans.

C'est ainsi qu'il resta seul, abandonné de tous. Lui, il aurait pu rentrer dans sa maison natale, à *casa Badiello*, offrir au patrimoine commun ses vingt brebis ainsi que l'argent gagné au cours de la dernière année et devenir un *tión* comme tant d'autres. Cela aurait signifié reconnaître son échec, renoncer pour toujours au rêve de se marier avec Alba. Et le village, apaisé par ce triomphe de la raison et de l'ordre, lui aurait pardonné et aurait à nouveau accueilli en son sein le fils prodigue repenti.

Mais au lieu de cela, Ramón rentra à *casa Torrera*, mit dans sa gibecière une miche de pain et ses misérables biens : une poêle, un couteau, de quoi se raser, un briquet à amadou... Il se couvrit de sa peau de chèvre et de sa cape et attrapant sa houlette, il se dirigea avec ses brebis vers les pâturages communaux de la montagne. De toute évidence, personne ne lui louerait le moindre pâturage d'hiver dans la vallée et il ne voulut pas rabaisser encore plus sa dignité en suppliant inutilement.

Je le vis partir seul, emmenant son misérable troupeau, sans qu'aucune main amie ne se lève pour un adieu, sans qu'aucune voix ne lui souhaite bonne route ou bonne chance.

Quant à moi, je me mordais les lèvres de rage et d'impuissance. En voyant Ramón s'éloigner sur le sentier de la montagne, je ne pus m'empêcher de me rappeler que les *merenderas*, ces petites fleurs mauves qui jaillissent du sol et au bulbe savoureux, étaient déjà en train de pousser. Et j'y pensais parce que tout le monde dit que lorsque les *merenderas* sortent, les bergers doivent commencer à retourner vers les vallées pour éviter de se laisser surprendre par la neige.

Je regardai le ciel d'automne et maudis l'hiver qui approchait.

Chapitre 5

En automne la nature est généreuse, comme voulant se faire pardonner l'hiver tout proche. Ramón pouvait non seulement manger les serpents, les lézards, les grenouilles et les sauterelles qu'il chassait, mais aussi les truites qu'il prenait à la main dans les ruisseaux et quelques lapins qu'il attrapait à l'aide d'un lacs. Le règne végétal lui fournissait, en plus de la *merendera* que je mentionnais plus haut, les dents-de-lion amères mais nutritives, les patiences acides, les bulbes cachés des orchidées, les douces racines de bardane, les délicates fleurs de guimauve, les délicieuses orties qui, une fois cuites, oublient tout de leur pouvoir urticant... Il ne se montrait pas frugal pour les fruits non plus : des mûres des ronciers emmêlés, des framboises au goût de caramel, de petites fraises des bois, des groseilles noires, d'âpres prunelles, d'onctueux fruits de sureau, des églantiers dont il fallait soigneusement retirer les graines et la villosité... sans compter les nutritifs glands, faines et noisettes. Quand arrivèrent les premières pluies, une multitude de champignons comestibles surgit des prés et des bois : bolets, mousserons d'automne, lactaires délicieux, morilles, clavaires dorées, coprins chevelus... Habitué depuis l'enfance à chercher dans la montagne un complément à sa monotone alimentation à base de miettes de pain frites avec du lard, qu'il prenait presque chaque jour, Ramón ne risquait pas, trompé par leur saveur ou par leur apparence, de goûter aux fruits toxiques de la belladone ou de la corroyère ni de prendre la colchique vénéneuse pour la *merendera* sucrée, ni de confondre le perfide ou l'amanite avec quelque autre champignon.

C'était comme un retour illusoire au jardin d'Éden, au temps où les hommes n'avaient pas à s'épuiser pour obtenir de quoi manger; mais Ramón savait bien que cette abondance est un mirage trompeur et qu'avec les premières neiges sa survie serait presque impossible à moins qu'il n'accumule assez de vivres pour lui et pour son pauvre troupeau.

Comme pris d'une activité fébrile, il s'employa à accumuler des provisions dans une grotte – plus qu'une grotte proprement dite, c'est un renfoncement dans une falaise orientée au sud servant parfois, en été, à garder le bétail la nuit. Avec des branches de cornouiller il tressa de primitifs paniers qu'il remplit de faines, de noisettes et de glands, il les suspendit ensuite au plafond pour éviter l'attaque des souris; il mit à sécher autant de fruits sauvages qui s'y prêtaient car il pressentait que les vitamines qu'ils contiennent seraient essentielles à sa survie; avec les tiges des orties qu'il mangeait, il fabriqua des fils sur lesquels il enfilait les champignons qui pouvaient sécher; il fuma quelques truites, les étripant et les ouvrant à l'aide de petits bâtons, bien qu'il n'eût malheureusement pas assez de sel pour les saler et qu'il n'espérât pas qu'elles se conservent longtemps...

Il ne veilla pas seulement aux victuailles : il entassa aussi des pommes de pin et des éclats de bois résineux pour allumer le feu; puis, comme il le put, puisqu'il ne possédait pas de hache, il rapporta du bois mort. Il se prépara aussi un lit d'herbes et de feuilles sèches. Et les jours de pluie où il ne pouvait pas se consacrer à sa récolte, il éleva des murs de roseau et de terre pour protéger son habitacle contre le vent.

Il ne pensa pas seulement à lui. De même, avec une faucille rudimentaire en buis qu'il fabriqua avec son couteau, il faucha l'herbe haute des combes et l'entassa près de sa grotte en formant une meule. Il coupa également un grand nombre de branches de frêne dont les feuilles conservent ainsi toute leur valeur nutritive, puis aménagea pour ses moutons un lieu agréable pour dormir dans sa propre grotte afin qu'ils lui tiennent chaud.

Il travailla ainsi sans repos, dormant à peine parce qu'il savait que chaque instant, chaque once d'aliment ou de chaleur, pouvaient être décisifs.

Lorsque des bergers de *casa Bardal* rentrèrent au village en affirmant l'avoir vu porter des sacs de glands et qu'ensuite, d'autres annoncèrent que Ramón entassait du bois dans la grotte du Maure, nous comprîmes qu'il était décidé à résister à l'hiver. Ou peut-être à mourir, s'il échouait.

Comme si Ramón eût gagné le respect de tous, les bergers ne coupaient pas le frêne, les enfants ne montaient pas, comme chaque année, à la recherche de fruits sauvages et les anciens n'égayaient pas leur temps libre en ramassant des champignons. Par un accord tacite, la montagne appartenait à Ramón : si les hommes l'avaient expulsé, il avait au moins droit aux biens de Dieu, comme l'expliquaient les bergers à leurs maîtres. Car les maîtres grinçaient des dents avec rage lorsque les bergers leur disaient que mener les moutons dans la montagne pour ôter jusqu'aux derniers brins d'herbe eût été un péché, et ce n'est pas que je veuille vous désobéir, Dieu m'en garde! Ça moi je ne le ferais jamais! Mais Dieu me punira si je fais cela, peut-être la foudre tombera sur le troupeau et tuera des brebis, même si nous emmenons une brebis noire qui nous protège des orages. Dieu est plus fort que les brebis noires et moi je ne vous désobéis pas, non monsieur, mais je ne peux pas emmener le bétail là-bas.

Cet hiver-là fut très rude ou peut-être qu'il nous apparut ainsi parce que nous savions ce que Ramón était en train d'endurer. Le village, pour la première fois depuis que j'y habitais, était divisé par la haine. D'une part les grands éleveurs et à leurs côtés les maîtres des maisons les plus petites sentaient dans la présence de ce pauvre jeune une menace pour l'ordre établi depuis des temps immémoriaux. Lorsqu'ils regardaient vers la montagne recouverte de neige – maintenant nous regardions tous beaucoup vers la montagne –, c'était comme s'il émanait d'elle un danger, un cancer mortel qu'ils ne savaient pas comment enrayer.

En revanche les *tiones*, les bergers, les manœuvres, les servantes... en un mot, tous ceux qui ne pourraient jamais devenir propriétaires, qui ne gagneraient jamais plus que le strict minimum pour se nourrir, regardaient la montagne avec admiration. Eux ne s'aviseraient jamais de faire une chose pareille, mais il y avait là-bas quelqu'un qui osait défier le destin, l'un des leurs qui ne se rendait pas et qui, par sa souffrance, défendait le droit d'aimer. Ils lui pardonnaient déjà son étrange habitude de lire ou sa lésinerie proverbiale ou son habileté et son application au travail, car ils comprenaient maintenant qu'il avait tout fait dans un seul but : être digne de se marier avec la femme qu'il aimait; et pour ce courage ils le respectèrent comme ils ne respectaient personne d'autre. C'était comme si, à travers Ramón, ils avaient voulu vivre ce qu'ils ne vivraient jamais et ils priaient pour que la Vierge de piété ou saint André ou saint Michel fassent un miracle et permettent à Ramón de se marier avec Alba, d'avoir des terres et du bétail, et des enfants.

Mais comme ni la Vierge de piété, ni saint André, ni saint Michel ne faisaient de miracle, ils sentaient l'oppression sur leurs épaules comme ils ne l'avaient jamais sentie auparavant; et ils détestaient leurs maîtres.

Cette année-là, les loups dévorèrent des moutons, les souris rongèrent le blé stocké dans les greniers et le vent dispersa quelques meules de foin. Rien d'anormal, cela arrive toujours; mais cette fois-ci les maîtres auraient juré qu'une partie de ce qui avait été perdu se retrouvait dans la grotte du Maure. Cependant, ils ne purent pas le prouver, même en interrogeant avec insistance leurs maîtres-bergers et leurs domestiques : personne ne savait rien. L'abîme de méfiance se creusa.

Quelques fois les amateurs de chasse qui profitant du repos forcé de l'hiver, poursuivaient un sanglier, purent voir Ramón avec ses brebis car il les faisait paître dans les bois où la neige était moins profonde et où elles arrivaient toujours à brouter quelque chose des branches les plus basses. Sans doute se trouva-t-il, à l'occasion, à portée de quelque fusil et plus d'un pensa certainement à lui tirer dessus et à faire passer cela pour un accident de chasse; mais ils n'osèrent jamais.

Rien n'eût été plus facile que de monter une nuit à la grotte du Maure et de tirer sur un homme désarmé, on a tué des gens pour bien moins que cela, en particulier en ces temps agités que nous vivions alors; mais j'ai déjà expliqué que les montagnards, maîtres et domestiques, sont très astucieux. Ramón était déjà un symbole et s'ils l'avaient tué, la rancœur des petits serait devenue incontrôlable. Elle se serait déchaînée tôt ou tard. Non, Ramón devait s'incliner, être humilié, vaincu. Il finirait par se lasser d'attendre dans la montagne et de plus,

Alba se marierait bientôt avec l'un d'eux, elle avait déjà dix-huit ans, un âge un peu tardif pour le mariage. Et en fin de compte, du haut de sa montagne, il ne pourrait rien faire pour l'éviter.

Moi je pus voir Alba quelques rares fois, quand son père m'invitait à manger ou lorsqu'elle descendait, toujours escortée par une gouvernante, au lavoir ou à la fontaine. En toutes ces occasions elle resta silencieuse, sans dire un seul mot, le regard tourné vers le sol pour que l'on ne vît pas ses yeux rougis et d'une pâleur qui me rappelait sa mère qui mourut de phtisie. Peut-être qu'en ville on l'eût considérée comme une beauté parce qu'elle était délicate, avec un air romantique et sensible. Ce n'étaient pas seulement son corps et son visage qui éveillaient en vous un trouble nostalgique; ses regards aussi, ses gestes, le timbre même de sa voix vous invitaient à tendre les mains en une protectrice et oublieuse étreinte. Cependant, ses yeux larmoyants laissaient poindre une décision tenace très similaire à celle de Ramón.

Mais ici, dans un environnement si dur, on considérait que son corps était trop délicat. L'idéal de beauté, en ces lieux, consistait en de larges hanches pour enfanter, une bonne poitrine pour alimenter la progéniture, des épaules fortes pour travailler la terre et un corps bien en chair pour réchauffer le lit; le tout, comme on peut le voir, très utilitaire, sans laisser la moindre chance à la poésie qui émanait d'Alba.

Le fait qu'Elisa, sa mère, ne correspondît pas à l'idéal de beauté montagnard avait été un obstacle important pour la marier à un héritier : personne ne voulait d'une femme aussi fragile comme épouse. Le maître de *casa Torrera*, le père de Mariano, se montra plus intelligent que les autres, calculant que cette jeune fille chétive, dont la famille était prête à payer une dot exceptionnellement élevée, ne supporterait pas plus d'un ou deux accouchements; ensuite Mariano, après avoir empoché la dot, pourrait se marier avec une autre femme plus à même de diriger une maison. Qui pouvait prévoir que don Mariano deviendrait «le Chapon» et n'aurait plus d'autre descendance?

Si Alba n'avait pas été une riche héritière, personne ne lui aurait adressé un seul regard, sauf peut-être un berger qui rêve éveillé. Mais sa fragilité ne faisait qu'exciter la convoitise de ses maris potentiels, car plus tôt elle mourrait, plus tôt elle laisserait son époux maître de deux maisons qui une fois réunies donneraient naissance à la maison la plus puissante du village.

Don Mariano aimait son unique fille et plus encore depuis qu'il savait qu'il n'aurait aucun autre successeur; mais il l'aimait d'un amour primaire et animal : que personne n'ose essayer de lui faire du mal! Mais l'amour est une chose, c'en est une bien différente de perdre l'occasion d'obtenir d'appétissantes compensations à ce mariage, tout cela à cause d'un caprice de jeune fille. Ah, l'amour, quelle bêtise! Ce qui importe, c'est un riche mari, qui ne se soûle pas trop souvent, qui ne la batte pas sauf lorsqu'elle le mérite, qui s'il va voir d'autres femmes, le fait avec discrétion et sans écorner leur fortune. C'est de cela dont elles rêvent toutes, pourquoi Alba serait-elle différente?

Ainsi raisonnait don Mariano, et de l'incompréhension il passait à l'autocritique : je l'ai gâtée et voilà ce qu'elle est devenue. Je l'ai laissée aller trop longtemps à l'école et bien sûr, tout vient de là. J'aurais dû l'éduquer plus durement. Mais oui, c'est ça. Je lui achète même du «Persil» pour faire la lessive, à la place du savon de graisse et de soude que les autres femmes utilisent! La cruche qu'elle prend pour aller à la fontaine, n'est-elle pas en métal, au lieu d'être en céramique, pour qu'elle pèse moins lourd? Si au bout de quelques heures à ramasser les gerbes elle est fatiguée, est-ce que je ne la laisse pas se reposer? Est-ce que par hasard je ne l'envoie pas faire quelque course quand nous réalisons une tâche très dure? On dit bien que l'oisiveté est la mère de tous les vices! Mais d'un autre côté elle est si fragile! C'est décidé, quand elle se mariera, je mettrai comme condition qu'elle ne travaille pas trop et seulement aux tâches les plus légères. Et à qui vais-je la marier? Il y a Joaquín, l'héritier de *casa Sosas*, qui n'offre rien de moins que le moulin de Quixarel! De plus, beaucoup des terres de *casa Sosas* jouxtent les nôtres. Bien sûr, il y a aussi Pedro, l'héritier de *casa Bardají*... Mais avant, il faut en finir avec cette histoire de berger, oui, heureusement que j'ai déjà pris mes dispositions sinon, Dieu sait ce qui serait arrivé.

Depuis qu'Alba ne parlait plus à personne, don Mariano avait pris l'habitude de murmurer à table d'interminables monologues, sans tenir compte de la présence occasionnelle d'étrangers comme moi. Pendant qu'il se perdait dans de tels raisonnements, je regardais Alba et sentais monter en moi l'envie de pleurer. Elle n'aurait pas dû naître là, elle aurait dû être une princesse, tout chez elle évoquait une sensibilité inhabituelle dans un milieu si dur. C'était peut-être pour cela qu'elle aimait Ramón : personne n'aurait qualifié Ramón de délicat parce qu'il était aussi coriace que le cuir qu'il portait; mais si dans les yeux d'Alba luisait la même détermination de fer que dans ceux de son berger bien-aimé, on devinait dans ses yeux bleus à lui la même sensibilité que la sienne, comme s'ils disaient : «Laissez-moi me reposer, nature inclémente, laissez-moi poser ma tête quelques instants sur le sein de ma bien-aimée et je murmurerai des poésies, et je tisserai des rêves, et chanterai des chansons d'amour. Si les hommes et les montagnes me le permettaient, dans les bras de celle que j'aime, j'apprendrais à être tendre et doux...»

Comme on peut le voir, je délirais moi aussi en regardant Alba et ces lèvres tremblantes qu'elle serrait pour contenir ses pleurs, pendant que nous écoutions les sages stupidités de son père. Je sentais alors une terrible envie de revenir à mes vingt ans, de ne plus dépendre des invitations à manger, de tout casser, de la prendre dans mes bras et de l'emporter vers celui avec qui elle serait heureuse, et de... À ce moment-là, je m'apercevais que je ne suis qu'un vieil instituteur d'une école enclavée dans un village que personne ne connaît, je me sentais triste et ridicule et je devais sécher une larme qui tentait de s'échapper.

Comme je n'interrompais pas les monologues de don Mariano, ma présence lui était de plus en plus agréable et il en oublia la mauvaise impression que je lui avais d'abord laissée, ayant appris trop de lettres au misérable séducteur de sa fille; c'est pourquoi ses invitations se multiplièrent. Mille fois il évalua à voix basse chacune des propriétés des prétendants, sans arriver à se décider pour aucun d'entre eux. Tant d'autres fois, il échafauda des plans pour obliger Ramón à partir dans un autre village. Il pensa même recourir à m'dame Teresa, la sorcière, pour qu'elle lui jette un sort qui tuerait ses vingt moutons. Mais ensuite il décida que s'il tenait bon dans la montagne avec si peu de bêtes, il résisterait aussi bien sans aucune d'elles et il n'était pas question de dépenser de l'argent avec m'dame Teresa si cela n'améliorait pas la situation.

Alba se taisait et opposait un silence glacial à l'autorité de son père. C'était un terrible silence.

Chaque matin, au réveil, j'allais regarder la montagne où les jours clairs on pouvait voir la fine colonne de fumée de son feu se profiler sur la neige. D'autres jours, par contre, les orages ne me permettaient pas d'avoir la moindre nouvelle de lui et je m'inquiétais, comme tout le village, jusqu'à ce que revienne un temps clair et que nous voyions cette mince et longue fumée qui pour les humbles, était comme la nuée avec laquelle Yahvé guidait les Hébreux dans le désert.

Quand, la nuit, le vent hurlait à ma porte et que la neige heurtait mes volets, je pensais à Ramón et ne trouvais pas le sommeil. Que peut-il faire en cet instant? Peut-être serre-t-il contre lui les pierres chauffées dans le feu? Ou, dans un geste désespéré, est-il en train de creuser un trou dans la terre pour le remplir de braises et après l'avoir recouvert d'une mince couche de sable, s'allongera-t-il dessus pour essayer d'obtenir un peu de chaleur? Ou bien, reniant ses derniers vestiges d'humanité, se serait-il glissé entre ses moutons pour y chercher la tiédeur de la vie? Ou peut-être s'est-il blotti près du feu et veille la mémoire de sa bien-aimée, en même temps qu'il tâche de ne pas gaspiller le peu de bois sec qui lui reste? Il y eut des jours où, ses provisions épuisées, Ramón dut mettre une tige dans la couche de suif de ses meilleurs moutons, pour leur sucer un peu de graisse sans avoir à les tuer; ou quand tous furent définitivement trop maigres pour cela, les blesser à la jugulaire pour boire leur sang et étancher ensuite la coupure avec un peu de cendre. Mais quand le printemps arriva, il était toujours en vie. Maigre, sale, les mains et les pieds brûlés par le gel, avec un aspect sauvage qui faisait presque peur; mais en vie. Ramón avait réussi à survivre à l'hiver grâce à sa ténacité désespérée, à son travail infatigable et à l'aide des autres bergers.

Cependant, de lui-même il comprit qu'avec cette résistance purement végétale il n'aurait jamais sa bien-aimée. L'hiver était passé, la nuit la hulotte et le petit-duc chantaient déjà et bientôt le coucou gris annoncerait le printemps. Ramón, émergeant de la neige, décida de mener à bien les plans qu'il avait ourdis pendant les nuits si pleines de douleur et de temps. Il avait démontré à tous les maîtres qu'il résistait, le moment était venu d'abandonner la montagne.

À peine les cols s'étaient-ils dégagés qu'il secoua le givre qui s'était déposé sur ses épaules dans un geste machinal qu'il faisait chaque matin, puis il emmena ses quinze brebis survivantes vers le marché d'un village proche où il les vendit à un marchand. Avec ce qu'il obtint et avec l'argent de l'année précédente qu'il avait gardé comme un trésor, il acheta une vieille mule qui boitait un peu, bien qu'elle pût encore marcher; des bâts à moitié usés mais qui n'écorcheraient pas la monture; et un vieux fusil de chasse, de ceux à un seul coup où il faut d'abord mettre la poudre, puis la balle et enfin l'amorce. Comme il lui restait un peu d'argent, il acheta aussi un poignard pour remplacer son petit canif de berger.

Ainsi équipé, il revint dans notre village.

Chapitre 6

À peine est-il entré dans le vaste territoire communal de Biescas de Obago que tous les habitants savent déjà que Ramón, de *casa Badiello*, celui qui défie les puissants, revient au village armé d'un fusil. Les premiers bergers qui le voient confient leurs troupeaux à la surveillance inexpérimentée des apprentis et courent avertir d'autres compagnons. Bientôt les cris, les sifflements, les jeunes bergers courant pieds nus, les commères... tous apportent le même message : Ramón revient! Et il est armé!

Quelque chose comme un délire frénétique s'empare de tous, troublant leur bon sens et le peu de raison qu'ils possèdent. Les charbonniers abandonnent leurs misérables cabanes de branches et de terre et les bûchers de troncs de rouvre et de chêne vert ne sont pas allumés; les laboureurs oublient bêtes et charrue au beau milieu d'un sillon; les abeilleurs – parce que ici on ne connaît pas le terme d'apiculteur – laissent leurs ruches de roseau, de terre et de bouse sans s'inquiéter de savoir si elles vont ou non essaimer; les bûcherons suspendent leur rythme frappé avant même que l'arbre ne soit abattu; tous courent vers le village, possédés par une fièvre insensée. Et dans leurs mains, sans qu'ils comprennent très bien pourquoi, ils portent tout ce qui peut servir d'arme : des haches, des bâtons, des faucilles...

Cette vague de folie se propage jusqu'au centre du village et le menuisier abandonne la roue qu'il était en train d'incurver et attrape une gouge; le maçon laisse le mortier de chaux durcir sur la taloche; le maréchal-ferrant interrompt sa besogne, laissant un fer à cheval posé avec seulement quatre clous; les pelletiers, les cordiers, les potiers, le meunier, le boulanger... tous souffrent de la même maladie contagieuse qui les amène à oublier leur travail et à s'armer.

Moi-même j'en ressentis les effets. Lorsque l'apprenti du tonnelier passa la tête par la fenêtre de la classe et cria que Ramón revenait par le chemin de la plaine avec un fusil, j'éprouvai moi aussi comme un trouble qui m'enveloppait et me précipitai vers ma maison en quête de quelque chose, je ne savais pas quoi, sans me soucier le moins du monde des enfants de mon école qui, d'ailleurs, pressentant l'importance de la nouvelle, sortirent en courant dans les rues, la répandant dans tout le village.

Je ne sus pas ce que je cherchais jusqu'à me retrouver avec un couteau de cuisine dans la poche et dans la main, le bâton que j'utilise quand les rhumatismes me tenaillent les reins. Alors, une fois satisfait le démon qui me guidait, je partis à la recherche de Ramón.

Sur ce même chemin nous fûmes nombreux à nous retrouver et je compris alors que chez eux tous et pas seulement chez moi, se manifestaient la rage et la rancœur que nous avions accumulées pendant l'hiver. Le fait que Ramón revienne avec une arme était comme une étincelle qui met le feu aux poudres, le signal que nous attendions pour nous dresser contre le destin.

Parce que moi je haïssais, je haïssais d'une façon intense et irrationnelle. Je haïssais les engelures dont je souffre en hiver, les poux qui campent sur ma tête bien que tous les mois je trempe mes cheveux dans un jus de vieux mégots, les puces et les punaises qui, la nuit, laissent des taches de sang sur mes draps, les petites souris qui se promènent dans ma cuisine, la fumée du foyer qui irrite les yeux, les bouillies que je dois manger lorsque personne ne m'invite, le désir de femme toujours insatisfait, le froid qui ne m'abandonne jamais pendant les mois sombres, l'orgueil voilé des propriétaires... Et comme moi, m'accompagnant dans ma haine, il y avait tous les autres : les journaliers, les *tiones*, les bergers, les laboureurs... Eux aussi exécraient la dureté de la vie qui était la leur. Ils voulaient avoir des sous-vêtements en lin au lieu de ceux en chanvre pour qu'ils ne leur brûlent pas la peau et pouvoir manger de la viande au moins deux fois par semaine, et travailler douze ou treize heures par jour, et ne pas dormir entassés à sept ou huit sur le même tas de paille. Sans que nous ne nous en apercevions, durant tout l'hiver cette haine, déposée dans nos âmes année après année, avait fermenté; elle débordait maintenant dans une exaltation maladive qui avait quelque chose de sensuel.

Parce que la femme était le symbole et le condensé de notre désir de changer de vie. Je crois que nous ressentions tous le besoin impérieux d'avoir une femme, que quelqu'un nous étreigne, nous aime, nous console. Nous voulions avoir des enfants et une compagne dans notre lit; et nous nous soulevions contre le sort cruel qui nous condamne à la stérilité. Nous nous fichions bien que notre région, déjà surpeuplée au vu de sa pauvreté, ne puisse nourrir plus de familles et que cette société soit restée immuable pendant mille années; tout ce que nous voulions, c'était une femme.

Et puisque même les plus exaltés comprenaient que les désirs abrités par nos âmes étaient irréalisables et utopiques, que jamais ils ne s'accompliraient, nous souhaitions qu'au moins l'un d'entre nous puisse aller au bout de ses rêves. Nous voulions qu'un berger se marie avec une héritière et qu'il mange bien et n'ait pas froid en hiver. Rien de plus. Alors, nous retournerions à nos champs, à nos troupeaux, à nos bois, à nos écoles et à nos ateliers, réconciliés avec notre destin. Parce que lorsque Ramón étreindrait Alba, ce serait nous qui l'étreindrions et elle, c'est une femme pour de vrai, une épouse et non une mercenaire comme Pilar ou Jacinta. Ses enfants seraient nos enfants; et ses mets, les nôtres.

Qu'ils les laissent se marier et ainsi nous garderions tous l'espoir qu'une vie meilleure est possible.

Au fur et à mesure que Ramón avançait vers le village, une foule d'hommes silencieux se joignaient à lui. Et si quelque chose m'impressionnait, c'était bien le silence. Dans ma jeunesse, à Barcelone, j'avais participé à quelques manifestations et chacune d'elles avait lieu dans un tumulte assourdissant, comme s'il eut fallu que nous nous motivions les uns les autres pour nous donner du courage. Cependant, ici on sentait une détermination, une force souterraine et puissante qui m'aurait fait peur si elle ne m'avait possédé moi aussi.

En approchant du village, nous vîmes que les femmes des maisons pauvres nous observaient avec des visages ébahis et elles se joignirent à nous sans dire un mot. Elles aussi sentaient la même urgence que nous, la même haine. Elles voulaient disposer d'un petit âne pour les aider à rapporter l'eau de la fontaine et ne pas se voir obligées de passer leur journée à carder, filer et tisser le chanvre, le lin et la laine. Elles ne voulaient plus voir autant de petites filles mourir à la naissance; elles en avaient assez que les maîtres les harcèlent et que tout se solde ensuite par de l'argent et l'abandon de leur enfant; elles voulaient se marier, si possible avec quelqu'un qui ne sentait pas trop mauvais et qui ne les battrait pas beaucoup; elles voulaient posséder un foyer et autant d'enfants que Dieu leur donnerait.

Elles rêvaient toutes qu'un jour, l'héritier d'une maison – peu importe qu'elle soit pauvre ou fortunée – tombe amoureux d'elles et les demande en mariage à leurs parents sans se soucier qu'elles n'aient ni dot ni trousseau. Cet héritier serait beau, comme Ramón, et fort sans être brutal et il ne boirait pas ni ne les battrait ni ne coucherait avec d'autres femmes. En somme, elles aimaient Ramón et voulaient qu'il soit l'héritier dont elles avaient toujours rêvé pour qu'il épouse Alba. Il leur était égal que cette dernière provienne d'une maison riche, qu'elle ait des mains fines et délicates et qu'elle lave avec Persil : tout cela elles le lui avaient pardonné au fil des mois où elles l'avaient vue pleurer silencieusement pendant qu'elle faisait la lessive. Ces femmes stoïques et dures, aux mâchoires carrées et aux bras forts, sentaient dans leur cœur un vent romantique et tendre qu'elles ne comprenaient pas elles-mêmes. Ainsi, lorsque Alba serait heureuse et se marierait avec Ramón, ce serait comme si, elles aussi, étaient heureuses. Les larmes d'Alba avaient fait d'elle un symbole de toutes les femmes opprimées par une vie cruelle et elles voulaient maintenant partager l'unique romance qui passerait dans leurs vies. Elles, qu'on appelle les *tionas*, ces femmes qui ne se marieront jamais car elles n'ont pas de dot.

Plongés ainsi dans cette espèce de communion mystique, nous nous dirigeâmes par les rues du village, vers *casa Torrera*. Une fois là-bas, nous nous retrouvâmes face aux maîtres.

Eux aussi ressentaient le même vent qui soufflait sur nos âmes, mais d'une façon diamétralement opposée et distincte. Là où nous éprouvions de l'espoir, eux voyaient un danger; ce que nous désirions les effrayait; notre bonheur aurait fait leur malheur. Car dans la misère de notre région, les maîtres se doivent de se sentir supérieurs grâce à notre infortune; comme ils ne peuvent pas à la fois être riches et mener une vie oisive ainsi que paraît-il cela se passe en Andalousie, au moins en nous regardant ils se consolent. Eux sont les maîtres et les héritiers, elles, les maîtresses et les femmes des héritiers; c'est ainsi que les maisons sont dirigées et que l'on décide comment gérer la pauvreté.

Si un berger, humble et rebelle, se mariait avec une héritière contre la volonté de son père, que resterait-il de l'ordre ancien? Si l'on permettait une pareille subversion de la logique et du sens commun, où cela s'arrêterait-il? Que demanderaient-ils ensuite? Si les maîtres ne peuvent plus décider avec qui se marient leurs enfants, quel pouvoir leur reste-t-il sur leur maison?

D'autre part – raisonnent les maîtres des maisons fortunées – il est encore possible qu'Alba se marie avec mon fils et alors nos deux maisons seront unies par mes petits-enfants. Ma lignée sera la plus puissante de ces lieux! Ainsi pensent-ils et lorsqu'un éleveur commence à compter les brebis, les cultures et les pâturages qu'il pourrait obtenir, il en est ébloui et ne voit plus que ça. Ne lui parlez pas du désir de se marier de quelques jeunes insensés, ni d'un amour qu'il n'a jamais connu, ni de l'espoir des faibles, ni de la douleur des pauvres!

Les maîtres des maisons riches, avec leurs héritiers, étaient là face à nous. Il y avait également les maîtres et les héritiers des maisons pauvres, qui se sentaient fiers d'appartenir à la classe des propriétaires et se différenciaient ainsi de ceux qui ne possédaient rien.

Portés par la même force qui, moi, m'avait obligé à prendre le bâton et le couteau de cuisine, ils étaient munis de fusils de chasse, dont beaucoup étaient de ces fusils modernes à deux coups; de leurs ceintures dépassaient de grands couteaux d'Albacete. Je sus, je ne sais comment, que les fusils étaient chargés de chevrotines pour chasser le sanglier; et j'imaginai ce qui se passerait s'ils tiraient dans l'étroite rue par laquelle nous arrivions.

De rudes montagnards d'un côté et de rudes montagnards de l'autre; peu importe s'ils possédaient des terres ou s'ils en rêvaient seulement, leurs visages exprimaient toute la détermination avec laquelle ils luttaient contre une nature aussi dure que les rochers de ces montagnes.

Aucune des deux parties n'était freinée par le fait que de l'autre côté se trouvaient des parents, des frères et des sœurs, des amis, des camarades d'école; car nous sentions tous sur notre front le stigmate de Caïn. Le sang commun ne nous arrêterait pas. Au contraire, le frère haïssait le frère de l'avoir condamné à l'indigence ou d'avoir tenté de lui arracher un héritage qui était déjà presque le sien; le fils haïssait le père parce qu'il avait subordonné son intérêt à celui d'un autre héritier et le père haïssait le fils de vouloir le renverser; la haine entre les proches se manifestait avec d'autant plus de force qu'elle avait été cachée et tue auparavant.

Je sus que les canons des fusils cracheraient leurs plombs et aussi que les bergers endurcis enjamberaient les morts et les agonisants pour fondre sur leurs maîtres. Alors, ils s'entremêleraient dans de mortelles étreintes, criblés de coups de couteau et de haine, jusqu'à ce que les uns et les autres disparaissent de la surface de la terre.

À ce moment-là, je me demandai ce que l'on obtiendrait de tant de morts, ce que je prétendais arranger avec mes pauvres armes. Je sentis combien la situation était absurde mais j'étais incapable d'éviter le massacre qui s'annonçait. Que pouvais-je bien faire au milieu de ce silence menaçant? S'il s'était agi d'une haine raisonnable, provenant de personnes qui pensent et qui discutent, j'aurais encore pu essayer de leur faire entendre des paroles calmes et sensées; mais c'était une haine viscérale, silencieuse, bien plus redoutable car naissant des profondeurs de l'existence. Aussi, je me postai au coin de la rue et laissai arriver ce qui devait arriver.

D'un geste presque imperceptible, Ramón fit s'arrêter ceux qui le suivaient et avança avec sa mule vers don Mariano qui serrait convulsivement son fusil anglais. Ils se retrouvèrent face à face, leurs yeux se fixant dans une colère glaciale. Ramón saisit alors sa houlette de berger, qui pendait du bât de la mule, la rompit d'un coup sec sur sa jambe et la jeta par terre. Il s'écria :

— Je ne suis plus berger!

Avec ça il voulait dire bien des choses. Il voulait dire qu'il avait compris qu'en gardant des chèvres il n'obtiendrait jamais assez d'argent pour se marier avec Alba; que les éleveurs l'avaient vaincu sur ce terrain-là mais qu'en même temps, il ne se rendait pas; qu'il ne considérait plus don Mariano ni les autres comme ses maîtres, mais comme des ennemis égaux qu'il devait combattre; qu'il renonçait à la société pour chercher son propre destin...

Après d'autres éternels instants de regards silencieux, il se retourna et avec sa mule boiteuse, commença à cheminer vers le nord en direction de la France. Avant qu'on ne le perde de vue, il se retourna et cria :

— Je reviendrai dans deux ans!

Il ne disait pas non plus uniquement ça. Par ces mots il les défiait tous, en affirmant que dans deux ans il disposerait de suffisamment d'argent pour rivaliser avec le moulin de Quixarel, avec les terres de Larella, avec les bergeries d'Ausuils et avec tout ce que quiconque du village pourrait offrir pour se marier avec Alba. Et plus encore, il menaçait implicitement de tuer celui qui se marierait avec elle avant cette échéance, et don Mariano s'il y consentait.

Tout cela, un montagnard le dit avec cinq mots! Et malheur à celui qui ne le comprendrait pas, car ces cinq mots ont plus de valeur que les serments solennels des gens d'ailleurs! Ici, les silences sont plus expressifs que les discours.

Lorsque Ramón disparut au loin, ce fut comme si tout le monde s'éveillait d'un rêve. Les laboureurs et les bergers s'étonnaient de trouver dans leurs mains les fourches et les couteaux, ils se demandaient comment il était possible qu'ils fussent dans le village à cette heure-là, alors qu'ils auraient dû être en train de s'occuper de leurs terres et de leur bétail. Les femmes cherchaient leurs cruches ou leurs paniers, comme si elles devaient se justifier à elles-mêmes d'avoir abandonné quenouilles et métiers à tisser. Les propriétaires, ahuris, regardaient leurs fusils, avec un peu de honte rougissant leur visage.

Bien entendu, il est naturel que les gens du village aient été curieux de savoir de quoi parlaient don Mariano et Ramón; et rien de plus sensé que d'apporter avec soi les outils avec lesquels on était en train de travailler, pour ne pas les égarer ni se les faire dérober par quelque amateur des biens d'autrui. Et si la troupe de chasseurs est à ce moment-là réunie pour partir à la recherche d'un sanglier, malgré l'heure tardive, il est normal qu'ils aillent voir eux aussi. En fin de compte, la curiosité est un péché véniel fort répandu dans les zones rurales.

Quelles sottises! Cela fait mille ans qu'il existe des maîtres et des maîtresses, des *tiones* et des *tionas*, des héritiers et, plus rarement, des héritières, des maisons pauvres et des maisons riches, des bergers et des éleveurs. Il en a toujours été ainsi et en sera toujours de même, et tous savent se soumettre à leur sort dans une résignation toute chrétienne. Le village est en paix, ici il ne se passe quasiment jamais rien, cette histoire de révolutions, c'est bon pour les étrangers, pour ces Russes qui meurent de froid. Mais enfin nous sommes tous parents! Cependant, Alba est un peu maigre. Il vaut mieux qu'elle attende deux ans avant de se marier avec l'un d'entre nous; que d'ici là son père la fasse bien manger pour qu'elle soit bien en chair. Cela ne nous nuira pas d'attendre un peu avant de nous emparer de *casa Torrera*.

Les gens simples, ces mêmes gens qui l'instant d'avant étaient prêts à braver les plombs et les balles des propriétaires, à prendre d'assaut *casa Torrera* pour déposer Alba aux pieds de Ramón, se montrent maintenant confus, effrayés par ce qu'ils avaient été sur le point de faire. Parce que eux, comme les propriétaires, veulent oublier; de plus, ils considèrent le défi de Ramón impossible à accomplir. Dans deux ans, Alba serait à Joaquín, l'héritier de *casa Sosas*, ou à n'importe quel autre des héritiers; et l'espérance qui était née dans les cœurs de tous disparut, ne laissant derrière elle qu'une résignation envers le présent aride, d'autant plus amère que le rêve avait été plein d'espoir.

Tous revinrent, la tête basse, à leur besogne et la rue se vida. Je m'y assis pour méditer, bien que le couteau caché dans mes habits pesât sur mon âme car je ne pouvais pas me leurrer comme les autres. Mais plus que des remords pour ce que j'avais été sur le point de faire, plus que l'angoisse de ce qui serait arrivé si quelqu'un avait esquissé un geste inopportun, je m'inquiétais pour Ramón.

C'était, en grande partie grâce à moi, une personne qui savait quelque chose du monde et qui, par conséquent, n'ignorait pas que la France n'était pas la terre promise où le lait et le miel coulent à flots, bien que l'autre versant des Pyrénées soit un peu moins pauvre que celui-ci, mais pas beaucoup moins. Et je m'étais déjà chargé de lui signaler que pour un jeune sans autre métier que celui de berger, le monde est partout aussi cruel.

Par ailleurs, connaissant l'esprit réfléchi de Ramón, il était certain qu'il avait un plan en tête connu de lui seul. Sinon, pourquoi aurait-il acheté une mule et un fusil? Non, il ne pouvait envisager de devenir bandit de grand chemin, cela allait contre l'honnêteté intrinsèque de son caractère; de plus, dans ces montagnes, un voleur ne peut survivre longtemps et pas tant du fait de l'action de la garde civile mais à cause de l'hostilité que ressentent pour lui les paysans. Même s'il y parvenait, on obtient peu d'argent en volant, car ici les biens se trouvent dans les maisons, les animaux et les terres. Pourquoi était-il allé vers le nord?

Je renonçai à chercher une explication et retournai à mon travail parce que les enfants avaient sûrement profité joyeusement de mon absence, ignorant la tragédie qui avait été sur le point de s'abattre sur le village. Une fenêtre de *casa Torrera* attira alors mon attention. Je l'observai attentivement et me rendis compte que derrière la vitre se trouvait Alba. Depuis la chambre où elle était recluse, elle avait sans doute vu ce qui s'était passé; mais à la différence de tous les autres qui étaient déjà retournés à leurs occupations, elle regardait encore vers le nord.

Chapitre 7

Ramón allait devenir contrebandier.

Déjà avant les Celtes, les peuples des deux versants des Pyrénées ont commercé et passé d'un côté à l'autre des animaux et tous types de produits sans que ces hautes montagnes puissent les en empêcher. Lorsque cette unité initiale fut perdue et que les monarques édictèrent des interdictions et posèrent des obstacles à ces échanges, les montagnards passèrent tout simplement outre à tous les décrets qui contrariaient leurs coutumes ancestrales.

Peu à peu, les rois envoyèrent des soldats pour les obliger à respecter leurs ordres et, également peu à peu, les montagnards tracèrent des voies parallèles grâce auxquelles ils purent contourner ceux qui voulaient par la force porter atteinte à leurs droits. Depuis lors, douaniers et contrebandiers jouent à cache-cache au milieu de nos montagnes, les premiers luttant non seulement contre l'hostilité de l'environnement, mais aussi contre la réprobation des habitants de la zone, qui n'ont pas compris ni ne comprendront jamais pourquoi ils doivent payer quelqu'un, tout roi ou président de la République qu'il soit, pour pouvoir ramener un mulet ou une sonnaille de Nay.

Je n'explique pas cela dans l'intention de justifier les contrebandiers, qu'on me comprenne bien, je le dis seulement pour souligner que ni Ramón ni les autres habitants de cette région ne trouvent rien de répréhensible au métier de contrebandier. Pour eux il s'agit simplement d'un honnête commerçant qui peut leur obtenir certains produits moins chers de l'autre côté de la montagne. Ils ne connaissent ni se soucient des besoins du Trésor public : ils paient déjà bien assez d'impôts pour leurs terres sans rien recevoir en échange!

Le travail de contrebandier est dangereux et seuls les plus téméraires ou les plus désespérés osent s'y aventurer. Mais on gagne de l'argent, beaucoup d'argent, comme le savait bien Ramón lorsqu'il décida de risquer sa vie.

Ramón en savait assez sur son nouveau métier, parce que entre les bergers et les contrebandiers il existe une étroite amitié. D'un côté, les bergers leur indiquent où se trouvent les douaniers ou la *guardia civil*, et jouent les aveugles quand les forces de l'ordre les interrogent; de l'autre, les contrebandiers ont toujours une bouteille de cognac ou une petite clarine à offrir.

Ramón acheta d'abord quelques dames-jeannes d'anisette à un commerçant espagnol dont on comprendra que j'omette le nom. Pour la première fois de son existence, il dut discuter et marchander durement : il n'avait pas suffisamment d'argent pour les payer car il avait presque tout dépensé en achetant le fusil et la mule. Finalement, il réussit à conclure un marché : l'anisette en échange de la moitié du cognac qu'il rapporterait de France. Bien entendu, c'était vraiment abusif et réduisait de beaucoup les gains de Ramón; mais en fin de compte, quand on commence une affaire sans capital on ne peut pas exiger beaucoup.

Le premier passage de la frontière fut très difficile et dangereux pour Ramón. Il ne savait pas où était la France, si ce n'est par les indications que lui donna le commerçant; les charbonniers et les bergers qu'il rencontra sur son chemin ne furent pas très explicites avec lui parce qu'ils se méfiaient d'un inconnu. Il ne savait pas non plus où les douaniers étaient postés ni quels sentiers étaient sûrs et lesquels ne l'étaient pas.

Il se laissa donc guider par son intuition et bien qu'il arrivât que sa mule boiteuse et surchargée fût sur le point de tomber dans de profonds précipices, il approchait peu à peu de la frontière. Plusieurs fois il dut esquiver quelques douaniers, mais cela fut plus facile qu'il ne le pensait car, de jour, sa vue perçante habituée à chercher du bétail égaré lui donnait un grand avantage et, de nuit, son exceptionnelle capacité auditive l'avertissait de n'importe quel petit bruit suffisamment à l'avance pour éviter de mauvaises rencontres.

Enfin, plus épuisé par la peur que par l'effort physique lui-même, il arriva à la frontière des deux pays. Bien que la lune brillât du côté espagnol – il faisait nuit, car malgré son inexpérience il comprenait que la dernière étape devait être franchie dans l'obscurité –, du côté français les nuages s'amoncelaient et formaient comme une mer faiblement illuminée.

Maintenant commençait la partie la plus risquée. Il fallait non seulement esquiver les gendarmes, mais de plus, dans un endroit inconnu dont il ignorait la langue, trouver le village où habite le commerçant qui «s'entend» avec son collègue espagnol; et tout cela guidé uniquement par de vagues références. Pour Ramón, qui marchait dans les montagnes depuis l'enfance, ce fut difficile mais pas impossible comme cela l'eût été pour moi ou pour n'importe quel citadin.

Au retour, chargé de cognac, il fit une rencontre qui devait par la suite être décisive pour lui. Il avançait de nuit sur le sentier plus rapidement qu'à l'aller parce qu'il ne craignait pas de se tromper quand il entendit, provenant d'un petit bois en face de lui, le son si particulier d'un sabot ferré touchant une pierre. Immédiatement, il mit sa mule entre des arbustes et se prépara à lutter; mais très vite un ébrouement le rassura. Il sut grâce à lui que c'était un mulet, or les douaniers (et il supposait que les gendarmes également) n'utilisent que des chevaux. C'était bien un mulet et Ramón aurait pu nous dire s'il était fatigué ou pas, chargé ou non et même, s'il était jeune ou vieux. Il identifia aussi des pas de pieds chaussés de sandales, au lieu de bottes, il fut alors sûr qu'il se trouvait face à des contrebandiers comme lui. Il attacha sa mule et s'approcha du petit bois en fredonnant une chanson pastorale connue, car c'était la meilleure façon de ne pas se faire tirer dessus par quelqu'un qui sursauterait subitement.

Comme il l'imaginait, il trouva deux contrebandiers avec cinq mulets bien chargés de marchandises à destination de l'Espagne. Il les salua en aragonais, ce qui les fit éloigner les mains de leurs fusils, mais pas tant que ça, et après une brève conversation, il leur expliqua qu'il était un berger que son maître avait congédié et qu'il voulait apprendre le métier de marchand entre les deux versants, comme il l'appela par euphémisme. Pour dissiper la méfiance, il leur tendit une des dames-jeannes de cognac.

L'un des contrebandiers était agité, parce qu'il n'avait pas les nerfs bien solides et voulut refuser; mais l'autre, que tous connaissaient en Espagne sous le nom de Pierre, le Français, qui était dans la contrebande depuis plus de dix ans, apprécia le ton de la voix et la franchise de Ramón; et bien qu'il ne pût pas l'examiner à son aise, car de nuit dans un bois même un contrebandier ne voit rien, il lui dit qu'il pouvait les accompagner jusqu'au lever du jour.

Ramón découvrit ainsi des sentiers qu'il n'aurait jamais trouvés et apprit à envelopper les sabots des montures lorsqu'ils passaient quelque part où un silence précautionneux s'imposait.

À l'aube, alors que depuis une heure déjà ils cheminaient en Espagne, Pierre, qui marchait en tête, leur fit signe de se cacher au bord du sentier. À peine l'avaient-ils fait qu'apparut une patrouille de cinq douaniers qui avait changé son itinéraire habituel pour tenter d'améliorer sa surveillance.

Pendant que les douaniers passaient à côté d'eux sans se douter de rien, ils préparèrent leurs armes. Le mouvement d'un mulet les aurait fait découvrir; mais par chance les mulets n'émirent pas le moindre bruit, peut-être parce que pour ce travail on choisit les animaux non seulement pour leur force, mais aussi pour la tranquillité de leur caractère. Il ne fut pas nécessaire de se battre.

Pierre apprécia de voir que Ramón avait épaulé son vieux fusil et que le canon n'avait pas tremblé le moins du monde; en revanche, l'autre contrebandier frissonnait encore de peur. Maintenant qu'il pouvait l'examiner, Pierre aima l'aspect de l'Espagnol, dur mais sans fanfaronnade, silencieux, décidé. Cela faisait un moment qu'il souhaitait changer de compagnon car il n'avait pas confiance en celui-ci. Maintenant le destin lui présentait une occasion en or.

C'est ainsi que Ramón fit ses débuts comme contrebandier et Pierre lui enseigna non seulement à parler français, mais également mille astuces et signes de reconnaissance qu'il utilisait. Ramón apprit que si dans cette auberge une lumière éclaire la troisième fenêtre, c'est que les gendarmes ne sont pas loin; ou que l'officier de ce poste de douane n'envoie pas ses hommes patrouiller la nuit s'il trouve un peu d'argent sur le rebord de sa fenêtre; ou que tel sentier est particulièrement surveillé et qu'il ne convient pas de l'emprunter.

Ramón commença à gagner de l'argent, beaucoup d'argent si on le compare avec le salaire misérable d'un berger. Mais il continuait à être aussi frugal que lorsqu'il économisait pour acheter trois médiocres brebis par an. Quand Pierre se soûlait et lui proposait un peu à boire ou quand il l'incitait à profiter d'une fille de taverne, il refusait en silence et sortait pour compter les mois qui avaient passé et l'argent qu'il avait obtenu. Cet argent, il le cachait en un lieu entre la France et l'Espagne ignoré y compris de son associé.

Durant ce printemps et cet été-là il se comporta comme un élève soumis et appliqué, se contentant de ce qu'il gagnait, même si à ce rythme-là il ne pourrait jamais réunir assez d'argent. Mais à peine se sentit-il sûr de connaître chaque lieu où se loger, où se cacher des douaniers, chaque passage vers la France, chaque endroit où acheter ou vendre les marchandises, alors il commença à faire pression sur Pierre.

Au début, Pierre ne s'en rendit même pas compte. En se réveillant dans l'auberge où il avait pensé se reposer deux jours après un voyage fructueux, il trouvait les montures étrillées, les licous mis et son camarade silencieux le regardant comme s'il s'était attardé. Cela déconcertait Pierre et il en oubliait les projets qu'il avait en tête; il disait au revoir – parfois – à la fille qui avait chauffé son lit et il sortait en murmurant des excuses pour son retard.

Bientôt, le Français commença à se sentir épuisé, vraiment épuisé. En réfléchissant au pourquoi de cette fatigue – serait-il en train de devenir vieux? – il se rendit compte que les mois précédents il ne s'était arrêté nulle part plus d'une nuit et qu'ils avaient traversé la frontière maintes et maintes fois telle la navette d'un métier à tisser. Maintenant qu'il y faisait attention, dernièrement les étapes étaient de plus en plus longues. Pour Ramón, il y avait toujours une excuse pour arriver un peu plus loin : si l'on atteint la métairie de Peña, on sera plus en sécurité; dans l'auberge de Coscolla ils font mieux à manger; à Vallabriga il y a de la meilleure herbe pour les bêtes... Et bien sûr, ils ne se reposaient pas non plus pendant la journée : comme Ramón ne fume pas – a-t-on déjà vu un berger qui ne fume pas? –, lorsque Pierre s'arrêtait pour se rouler une cigarette, on aurait dit qu'il l'attendait impatiemment; et le pauvre Français, devant les yeux pénétrants de son compagnon, finissait par jeter la cigarette à moitié fumée. Il n'était donc pas étonnant que ce qu'ils mettaient trois jours à parcourir auparavant ne leur en prenne plus que deux.

Quand Pierre arriva à la conclusion que c'était son compagnon, et non sa santé ni son âge, le coupable de sa fatigue, il tenta d'imposer un rythme plus tranquille. Mais alors il se rendit compte que ce n'était pas lui le chef, loin de là, et que son disciple était prêt à faire de la contrebande tout seul, s'il le fallait.

Un contrebandier solitaire! Ce n'est pas possible. Tous vont au minimum par deux; et pas uniquement pour se soutenir en cas d'affrontement avec les douaniers ou les gendarmes, mais aussi et surtout pour se sentir un peu plus en sécurité et accompagnés au milieu des montagnes hostiles. Il se rappela comment il avait trouvé Ramón la première fois, seul, sans expérience, avec une mule qui boitait et un fusil presque inutilisable; et il comprit que Ramón parlait tout à fait sérieusement. Il devint furieux :

«Quel démon t'habite? Tu ne fais que monter, descendre, sans jamais t'arrêter, sans te reposer, comme si tu avais le diable à tes trousses. Et tout ça pour quoi? Pour entasser tes pesetas et tes francs dans un trou caché, où ils pourriront le jour où les douaniers te feront sauter la cervelle! Mais tu n'en profites même pas! Tu ne bois pas de vin, tu ne couches pas avec des femmes, tu ne manges rien d'autre que ces *migas** ou ce pain avec du fromage de chèvre, tu n'achètes pas de vêtements élégants pour remplacer tes vieilles peaux, rien de rien. Alors pourquoi est-ce que tu veux cet argent?

— Pour obtenir une femme.

Pierre resta bouche bée. Une femme! Lui, il avait une solide et longue expérience des filles de taverne et d'auberge. Par conséquent il considérait ces histoires de femmes avec un cynisme salutaire.

— Une femme! Une femme! Pourquoi veux-tu acheter une femme alors que tu peux la louer? Ne sois pas bête et ne t'embarrasse pas d'une femelle qui te commandera dans ta propre maison, qui t'encombrera de gosses bruyants, qui te regardera de travers chaque fois que tu te distrairas un peu avec une autre et qui te plantera des cornes dès que tu auras le dos tourné. Elles sont toutes pareilles – il cracha par terre pour marquer son mépris – elles sont bonnes pour un moment au lit, c'est tout! Cette femme que tu dis, elle est sûrement en train de faire des galipettes avec un autre au bord d'un champ...»

Pierre dans son excitation mélangeait dans son discours des mots français et aragonais, le parsemant d'interjections abondantes dans les deux langues; certes, il en dit beaucoup, mais il en aurait dit davantage encore s'il n'avait vu la main de son ami se refermer sur le poignard qu'il portait toujours à la ceinture.

Moi, bien que je ne sois qu'un humble maître d'école, j'ai de nombreuses fois essayé de comprendre la force et la nature de ce que Ramón ressentait pour Alba. Je n'y suis pas arrivé,

---

** Migas : plat à base de miettes de pain frites pouvant être agrémenté d'ail, de lard ou d'autres ingrédients.*

peut-être parce que je suis déjà un peu vieux et désabusé de la vie. Pierre non plus, à ce que je sache, n'y parvint jamais.

Ici, dans les montagnes, les sentiments atteignent une force et une pureté incompréhensibles pour ceux qui sont nés dans une ville. Parce que dans les villes aussi nous tombons amoureux ou nous nous faisons des ennemis ou nous désirons. Mais dans les cinq minutes qui suivent, nous voyons une vitrine ou nous devons penser à notre travail ou bien nous nous intéressons au dernier événement politique. Pour cette raison, notre amour et notre haine ne sont que le pâle reflet de ce qu'ils pourraient être.

En revanche, pour les hommes et les femmes de cette région, il n'existe pas de distraction, il n'y a pas de vitrines, ni de radio, ni de journaux; leurs cœurs peuvent se laisser envahir par ce qu'ils contiennent. Dans les villes, les sentiments sont comme le blé qui pousse dans un champ mal entretenu, qui doit rivaliser avec une multitude de mauvaises herbes et ne donne alors que quelques boisseaux; par contre, dans ces villages, les sentiments sont comme un arbre fruitier que l'on fertilise, que l'on taille, que l'on soigne afin qu'aucun chardon ne lui vole sa nourriture. Ici, une personne ne peut pas être simplement antipathique, on la hait à mort. On ne s'entiche pas d'une femme, on l'aime à la folie. Pour un ami, on meurt, pour une offense, on tue.

Ramón avait passé six ans à lutter et à travailler pour la femme qu'il aimait; pendant ces six années elle avait occupé chacune de ses journées et de ses nuits. Chaque fois que, lorsqu'il était encore presque un enfant, il se privait de quelque chose pour pouvoir acheter une brebis médiocre à la fin de l'année, son amour s'enracinait un peu plus en lui. Chaque gelée, chaque matin de faim, chaque pas épuisant sur les sentiers escarpés, ravivaient sa flamme.

Dans le cas d'Alba, même si je ne la connais pas aussi bien, je suppose qu'il en était de même. Sa nature sensible devait s'être révoltée contre sa mise aux enchères et elle avait sans doute trouvé dans l'amour de Ramón un refuge à son instinct romantique; un caprice de petite fille qui, non contente de pouvoir se marier, veut encore choisir son époux. Mais ensuite, au fur et à mesure que le temps passait, quasiment prisonnière d'une maison énorme, sans autre distraction que le métier à tisser et la quenouille, son amour grandirait alors que les journées monotones la privaient de tout autre sentiment et de tout autre espoir.

Si Ramón avait été un héritier lui aussi et si le père d'Alba, du fait d'une faiblesse bien compréhensible envers une fille unique, avait davantage pris en compte les goûts de sa fille que les propositions des autres maisons, peut-être auraient-ils fait un mariage malheureux. On sait bien que les mariages de raison font des ménages plus heureux que les mariages d'amour car les conjoints, n'attendant rien l'un de l'autre, ne se déçoivent pas et même, au bout de nombreuses années, parviennent à s'aimer et à se pardonner leurs défauts. En revanche lorsqu'on se marie par amour, il est difficile que les époux ne se déçoivent pas au bout de quelques saisons et que, maudissant le mirage qui les a étourdis, ils n'en viennent à se haïr. C'est pour le moins ce que disent les anciens du village.

Mais quand un amour doit surmonter ces épreuves et que les amants peuvent à peine échanger quelques mots, ils deviennent un symbole l'un pour l'autre, perdent leur caractère terrestre et entrent dans le monde des idéaux. Alba représentait pour Ramón tout ce dont il avait manqué dans la vie : la tendresse, la sensibilité, l'affection... et lui, à son tour, était pour elle la générosité, le dévouement, l'âme détachée du matérialisme qui gouverne les vies des habitants du village.

Certains se demandent si cet amour de Ramón n'aurait pas été empreint d'intérêt, du désir de réussir à posséder une maison. Je ne crois pas qu'il y ait jamais pensé, même si ce désir caché gisait au fond de son être comme chez tous les déshérités. Ce qui est certain, c'est que l'envie de se marier avec Alba était devenue la pierre angulaire de sa vie, la raison de son existence. Il ne pouvait plus abandonner cet objectif sans, en même temps, détruire son propre désir de vivre. Son identité et son rêve, tant d'années caressé, avaient fusionné au point qu'il n'était plus Ramón le berger, de *casa Badiello*, ni Ramón le contrebandier, mais Ramón, celui qui aime Alba, celui qui pour elle avait bravé les maîtres, le destin et le monde.

Je crois aussi qu'inconsciemment, Ramón éprouvait contre les propriétaires toute la rage et la rébellion que depuis des millénaires les paysans avaient enfouies au fond de leurs cœurs. Et on ne peut pas oublier qu'ayant publiquement défié don Mariano, son honneur et sa dignité étaient aussi en jeu.

Ramón était mû par un étrange mélange d'amour, de haine, d'ambition, d'orgueil, d'idéalisme et de ténacité animale innée. D'autre part, habitué depuis sa plus tendre enfance à endurer les pires peines, non seulement la douleur et la solitude lui étaient davantage supportables, mais de plus, le paradis incarné par Alba lui paraissait d'autant plus désirable.

C'est du moins l'explication que je donne à sa persévérance surhumaine, même si, bien entendu, je peux me tromper car personne ne peut savoir avec certitude ce qui se niche à l'intérieur des hommes.

Ce sont les raisons pour lesquelles Ramón, d'habitude si pacifique, fut sur le point de poignarder Pierre lorsqu'il dit du mal de sa bien-aimée. Il ne pouvait tout simplement pas entendre de pareilles phrases. S'il venait à penser, ne serait-ce qu'un instant, qu'Alba était une femme plus ou moins comme les autres et non l'image idéalisée qu'il avait d'elle, sa vie et sa souffrance perdraient alors tout leur sens. Parce que Alba était pour lui un mélange de ce qu'était la dame pour le chevalier errant, la Vierge Marie pour le mystique et la houri de l'Éden pour le musulman : la raison de ses exploits et de ses peines, un symbole de tout ce que l'âme humaine renferme de bon et promesse d'un bonheur futur.

Oui, maintenant que j'y pense, Ramón était fou. Ou peut-être que je suis tout simplement trop vieux.

Pierre vit l'éclat de la folie et du meurtre dans les yeux de son ami et il se tut. Maugréant, il accepta de suivre Ramón dans son frénétique transport de marchandises; après tout, ils gagnaient beaucoup d'argent et dans quelques mois, la neige fermerait les passages et il pourrait se reposer.

Bientôt, des deux côtés de la frontière Ramón fut connu comme le *Desesperado*; les gens le regardaient et se disaient les uns aux autres que tout était à cause d'une femme. Et ce, bien que Pierre n'ait pas ouvert la bouche, enfin, peut-être avait-il dit un mot ou deux une nuit où il avait bu trop de vin ou peut-être avait-il parlé un peu en partageant sa couche avec une fille qui lui aurait demandé pourquoi son ami ne l'utilisait jamais.

Cette course d'un côté à l'autre de la frontière fit que, malgré toute leur habileté, ils tombèrent plusieurs fois sur des douaniers et des gendarmes. Mais après quelques escarmouches au cours desquelles plusieurs gendarmes furent blessés, le nom du *Desesperado* suffisait à leur inspirer la terreur :

«Non, monsieur l'officier, ce n'est pas que nous ayons peur, vous savez? Mais le *Desesperado* n'est pas un contrebandier comme les autres. Vous vous souvenez de Miguel, celui du poste de Bielsa? Eh bien, il est à l'hôpital, avec un poumon plein de mitraille et pourtant il avait six collègues avec lui alors que le *Desesperado* n'en avait qu'un. Si nous le découvrons, il ne s'échappe pas en nous laissant le chargement comme le font les autres; lui, il se jette sur nous. Et vous voyez, dans un bois et de nuit, nos fusils sont moins efficaces que son fusil de chasse chargé de chevrotines et que son poignard aiguisé. Ce n'est pas qu'on proteste, non; mais nous sommes bien peu payés et lui il n'a pas peur de la mort, et beaucoup d'entre nous ont une femme et des enfants à nourrir. S'il vous plaît, ne nous faites pas sortir cette nuit, on dit que le *Desesperado* rôde dans les parages; restons à la caserne à jouer aux cartes et à boire du vin.»

Lorsque la légende du *Desesperado* arriva jusqu'à notre village, alors que nous sommes à deux jours de marche de la frontière, nous sûmes tous qui c'était et pourquoi Ramón était parti vers le nord. En dépit du bon sens, certains d'entre nous se prirent à rêver que Ramón réussirait et lorsque don Mariano m'invitait à sa table, je ne trouvais plus trace de larmes dans les yeux de la silencieuse Alba mais un éclat d'espoir.

Chapitre 8

Alba ne se serait pas sentie aussi heureuse si elle avait connu l'état des finances de Ramón. Il est vrai qu'il gagnait beaucoup d'argent, plus qu'il n'aurait jamais pu imaginer un an auparavant; il avait déjà plus de huit mulets en sa possession, avec tout leur harnachement, grâce auxquels il transportait tout type de marchandises : de l'anisette, des pièces de rechange de machines et d'automobiles, du tabac, des sonnailles de Nay, des médicaments, du safran, des pièces de monnaie et une fois il lui arriva même de ramener des pneus de voiture. Bref, tout ce pour quoi il existait la moindre différence de prix entre les deux versants et qu'un mulet pouvait porter était transporté par les contrebandiers.

En quatre ou cinq ans d'un incessant travail, il aurait atteint son but; mais hélas, il avait dit deux ans et non quatre ou cinq et il n'y avait pas la moindre chance que don Mariano lui accordât un délai supplémentaire. Il additionna et multiplia mille fois comme je le lui avais enseigné mais la vie l'obligeait à soustraire et à diviser.

Quand les neiges arrivèrent aux cols, Pierre, comme tous les autres contrebandiers, s'apprêta à profiter pendant l'hiver des gains si difficilement obtenus. Mais à sa grande surprise Ramón annonça qu'il voulait poursuivre le transport.

Pierre devint furieux. Il le traita de tous les noms : dément, ambitieux, insensé; mais il fit très attention à ne pas parler de la femme à l'origine de cette folie, de cette ambition et de ce manque de bon sens. Après avoir crié et juré, il tenta de le convaincre de renoncer. Il lui parla des avalanches qui dévastent des bois centenaires, des bourrasques qui s'abattent sans prévenir, des plaques de verglas glissantes... Tout fut inutile! Rien ne semblait troubler Ramón. Finalement, Pierre dit qu'il s'en allait, qu'il en avait assez et qu'il voulait devenir vieux et folâtrer avec beaucoup de femmes; et il était évident que s'il continuait avec un compagnon pareil, il n'allait faire ni l'un ni l'autre. Il harnacha ses montures en proférant des malédictions et il partit.

Au bout de quelques minutes, il était de retour. Il jeta son béret par terre, le piétina, cracha des jurons encore plus virulents et finalement, lui dit qu'il aurait besoin d'un associé en France pour recevoir et préparer les envois qui entrent et sortent du pays. Ce dont il s'occuperait à condition que Ramón se charge de la partie dangereuse du travail.

Pierre paya des femmes pour qu'elles tricotent des moufles et des chaussettes de laine non dégraissée, de celle qui ne laisse pas pénétrer l'eau; avec du bois de buis il fabriqua des lunettes qui ne permettent de voir qu'à travers une étroite rainure, pour éviter l'aveuglement de la neige; il commanda à un forgeron des pointes que l'on attache à la semelle de la sandale, pour ne pas glisser sur les pentes verglacées; il plia des bandes de bois et construisit des raquettes pour marcher sans s'enfoncer dans la neige profonde et commanda une boussole à un magasin de Pau, pour s'orienter même au beau milieu d'une bourrasque.

Il montra à Ramón les types de neige que le marcheur trouve en haute montagne, si différents de ceux d'un peu plus bas, et comment certains d'entre eux s'écroulent brusquement en emportant tout. Ramón apprit à éviter les plaques apparemment solides qui s'effondrent quand on marche dessus, à ne pas s'arrêter dans les clairières des bois et mille autres petites règles dont l'infraction peut entraîner la mort. Et puisque tout ce savoir n'était pas suffisant pour le maintenir en vie jusqu'au printemps, Pierre lui prêta ses scapulaires de la Vierge du Pilar et de la Vierge de Lourdes et un sachet contenant une gaze imbibée de sang de crapaud consacré dont Mainela, la sorcière d'Ansó, assure qu'il est infaillible pour éviter les avalanches.

L'hiver commença. Ramón prenait sur son dos les marchandises que Pierre lui remettait à la limite des neiges profondes où les mulets ne peuvent pas continuer et chargé de deux arrobes des marchandises les plus précieuses que l'on puisse trouver, il commençait à monter vers la frontière. Et c'étaient des arrobes aragonaises, qui pèsent trente-cinq livres, et non castillanes qui n'en pèsent que vingt-cinq!

Haletant sous son chargement, glissant, tombant de nombreuses fois dans la neige, il arrive à la cabane où l'attendent les contrebandiers espagnols. Là il s'écroule devant le feu pendant que ses chaussettes et ses habits sèchent, mange avidement, dort toute la nuit et le lendemain matin, redescend vers la France avec deux autres arrobes.

Lorsque les contrebandiers de chaque versant le voient arriver, ils murmurent entre eux : «voilà le *Desesperado*!» avec ce ton respectueux qu'ils n'emploient que pour se référer aux saints ou aux fous. Ils lui lavent les yeux avec de l'eau de camomille pour les reposer de l'éclat de la neige; ils lui baignent les pieds et les mains dans de l'eau tiède où ils ont fait bouillir du romarin et des ronces, pour que les ampoules dues au froid cicatrisent; ils le frictionnent avec de la graisse de cheval pour calmer les brûlures que le soleil et le vent occasionnent même sur son visage et ses lèvres tannés; ils lui appliquent de l'huile d'olive où a macéré l'herbe de la Saint-Jean, pour apaiser les écorchures causées par le cuir du sac à dos sur ses épaules. En somme ces hommes rudes se comportent envers lui avec une tendresse auparavant impensable.

Lorsque Ramón s'en va, parfois au beau milieu d'une bourrasque, ils le voient disparaître et se signent; en partie parce qu'ils devinent que dans l'âme de cet homme se cache quelque chose qu'eux ne connaîtront jamais, en partie parce qu'ils ne peuvent pas comprendre comment il trouve son chemin au milieu du brouillard et de la neige car ils n'ont jamais entendu parler de la boussole que son ami lui a offerte.

Les commerçants devenaient fous. Il n'y avait plus à attendre que le printemps soit là pour obtenir cet article dont ils ont justement besoin maintenant et ils surenchérissent les uns les autres, doublant, triplant le prix qu'ils auraient payé en été. Cet argent précieux, ce sont les contrebandiers qui l'apportent au *Desesperado*, sans oser en prendre ne serait-ce qu'une petite partie de plus que ce qui leur revient car ils auraient eu l'impression de voler les ex-voto d'un ermitage ou les calices d'une église.

Ainsi passa l'hiver, s'égrenant jour après jour. Mais quand le printemps arriva et que les passes redevinrent praticables pour les mulets, Ramón compta son argent et se rendit compte qu'il lui en manquait encore beaucoup alors qu'il ne lui restait plus qu'un an.

Son corps qui avait supporté toutes les souffrances grâce à sa volonté de fer s'écroula par manque d'espoir. Il était maintenant un homme riche, plus qu'il ne l'avait jamais rêvé; mais pas suffisamment.

Peut-être quelqu'un de plus cultivé aurait su davantage tirer profit de l'argent de Ramón, en l'investissant dans de fructueuses spéculations immobilières ou boursières; mais il était un pauvre berger qui pensait que l'argent ne peut être gagné qu'en travaillant ou en volant et cette dernière possibilité ne lui vint pas à l'esprit.

Il passa un mois fiévreux, allongé sur un tas de paille, soigné par Pierre et par une fille que celui-ci avait amenée pour chauffer son lit. Pierre ronchonnait et protestait mais pas tant que ça car il possédait une grande somme d'argent après cette année de travail frénétique. Après tout, lui aussi était fatigué et la fille, bien qu'un peu chère, était fort complaisante. Ils appliquèrent à Ramón des cataplasmes de moutarde sur la poitrine et lui frottèrent les articulations raides avec des orties, des remèdes efficaces, mais aussi rudes que les peuples qui les utilisent; ils lui donnèrent aussi des infusions de mauve et de plantain et le nourrirent de soupes de semoule et d'oignons.

Avec ces soins, bien que l'âme de Ramón ne voulût pas vivre, son corps endurci se remit peu à peu jusqu'à ce que sa fièvre disparaisse. Pourtant il demeurait méditatif, pensif; il s'asseyait sur un tronc d'arbre au soleil et laissait le temps passer, comme si l'urgence qui avait précédé s'était dissipée.

Un jour, alors que la fille faisait la vaisselle dans le ruisseau, Ramón dit à Pierre :

— Je vais passer des armes.

Pierre, naturellement, cria, protesta, menaça et piétina son béret déjà bien mal en point. Des armes! Cet Espagnol cinglé allait les faire tuer tous les deux! C'est une chose de transporter quatre marchandises sous le nez de douaniers à moitié bigleux, que l'on peut toujours acheter ou effrayer à l'aide de quelques coups de feu; mais ce que proposait Ramón en était une autre bien différente. Bien entendu, les syndicats et les partis de gauche étaient prêts à payer pour les armes et les munitions dont ils avaient un besoin urgent pour leur révolution – ou peut-être pour se défendre de la contre-révolution – et ils étaient prêts à payer des prix exorbitants qui laisseraient le triple de bénéfices par rapport à n'importe quel autre chargement; mais et les risques alors?

D'une part ils auraient sur le dos tous les indicateurs des deux côtés de la frontière, qui ne se formalisent pas pour un peu de cognac ou d'anisette mais qui toucheraient une somme rondelette en dénonçant un chargement d'armes. De plus, quel que soit le prix qu'ils y mettraient, ils ne pourraient pas compter sur la collaboration du réseau de contrebandiers car le danger est tout simplement trop élevé pour que ces derniers acceptent.

D'autre part il ne suffit pas de traverser la frontière, terrain qu'ils connaissent parfaitement. Sans aide, ils devront en outre se charger d'apporter les armes jusqu'à un endroit où les camions pourront venir les prendre sans danger, près d'une route très fréquentée. Cela signifiait descendre dans la plaine et parcourir de nombreuses terres peu amicales. À la moindre difficulté ou bien, plus probablement, au cas où un infiltré ne tiendrait pas sa langue, ils devront affronter les gardes civils qui, bien qu'ils soient aussi mal payés que les douaniers, n'ont pas peur de quelques coups de feu. Et s'ils se font coincer? Ils ne se contenteront pas de leur confisquer le chargement et de les mettre quelques mois en prison, non, s'ils ne les fusillent pas sur place, ce sont des années et des années de prison qui les attendent.

Savait-il seulement ce qu'il disait? Combien de voyages croyait-il pouvoir faire avant de finir étendu par terre le corps criblé de balles? Deux? Trois? Pas question! Et quand Pierre dit non, c'est non.

Trois jours plus tard, Pierre était donc à Saint-Gaudens, négociant avec des syndicalistes le prix d'un lot de rifles et de balles, tout en maudissant en son for intérieur les femmes qui poussent les hommes à commettre de telles folies.

Pendant ce temps, Ramón préparait le trajet qu'ils auraient à parcourir jusqu'à la plaine. Il décida qu'incontestablement, Biescas de Obago, de par sa situation stratégique entre la frontière et les terres basses, était l'endroit idéal pour que les bêtes se reposent. Peut-être le fait qu'il connût très bien le terrain et les gens influença-t-il également ses plans. Bien entendu, il ne put sûrement pas résister à la tentation de passer près d'Alba. Il négocia avec ceux de *casa La Selva*, une humble petite ferme située à moins d'une heure du village et ils se mirent d'accord : en échange d'une somme généreuse, les contrebandiers et leurs mulets y seraient nourris.

Pendant tout le printemps et l'été, Ramón et Pierre transportèrent des carabines, des pistolets, des balles... allant et venant des camions de Saint-Gaudens jusqu'à ceux de Lérida. Par miracle, ils étaient encore en vie. Pierre attribuait cela, à parts égales, à ses scapulaires des Vierges de Lourdes et du Pilar, à la patte de chouette qu'il gardait toujours dans sa poche (le sang de crapaud ne servant que pour la neige) et à l'incroyable chance dont jouissent les fous comme Ramón.

Mais un jour des gardes civils commencèrent à apparaître dans notre village. Ce n'étaient pas les deux ou trois qui passent parfois pour démontrer que, bien que Biescas de Obago soit perdu au milieu des montagnes, l'autorité de la loi s'exerce aussi là-bas. Non, il y en avait des dizaines, peut-être cent. Certains venaient à cheval, d'autres avaient des chiens et l'un d'eux portait même une mitrailleuse sur le dos.

Ils lurent un arrêté sur la place du village, au milieu de l'inquiétude somme toute logique des habitants, par lequel ils leur ordonnaient à tous de s'enfermer dans leurs maisons, sans même sortir pour donner à boire aux animaux. Ils prévenaient – ou plutôt menaçaient – que quiconque se trouverait dans les rues, et à plus forte raison dans les champs ou dans les bois, pourrait se faire tirer dessus s'il ne s'arrêtait pas à l'instant même où il entendrait l'ordre de s'arrêter. Ils nous avertirent également qu'une fois la nuit tombée ils tireraient sur tout ce qui bougerait, qu'il s'agisse d'un chien, d'un mulet ou d'une personne.

À mesure que la journée avançait, les gardes civils ramenaient les bergers, les bûcherons, les charbonniers et, en général, tous ceux que le métier oblige à rester dans les hauteurs, sans se soucier de savoir si le bétail se trouvait dans les enclos ou s'il pouvait entrer dans les champs, ni si la meule était déjà allumée et si le travail de plusieurs semaines allait être perdu.

Ils vidaient le territoire communal; nous avons tous imaginé qu'ils allaient attraper Ramón. Depuis des mois, sans nous douter de la nature de son chargement et bien qu'ignorant quand et par où il passerait, nous savions au village que ses activités le menaient parfois près d'ici. Ne me demandez pas comment nous le savions, c'était une de ces rumeurs qui ne naissent nulle part et se renforcent jusqu'à ce que tout le monde soit convaincu qu'elles sont vraies même si personne ne peut en apporter la preuve.

Désormais aucun berger amical ne le préviendra du piège qui se referme autour de lui, aucune trace sur le chemin ne l'avertira du danger mortel dont il s'approche. Laissant quelques sentinelles surveiller le village encerclé, les autres gardes allèrent préparer l'embuscade.

Quand la nuit tomba, je regardai par la fenêtre et éprouvai le désir de sauter et de l'avertir. Mais où aller? Comment esquiver les patrouilles, vieux comme je l'étais et avec des rhumatismes dans le dos? Si je montais au clocher de l'église et sonnais les cloches à toute volée, Ramón comprendrait-il mon message désespéré? Mais comment arriver jusque là et franchir les portes fermées? Et si ce n'est pas Ramón qu'ils cherchent?

Ces digressions m'occupèrent pendant ces heures que je passai à veiller, tout comme les autres villageois qui, eux non plus, ne trouvaient pas le sommeil; les pauvres, emplis de peur; les riches, d'un espoir anxieux.

Il devait être minuit quand, du côté de La Selva, des coups de feu commencèrent à retentir. Nous entendîmes d'abord les «Pan!» secs des mausers auxquels répondaient quelques secondes plus tard quelques coups de fusil de chasse; puis s'y entremêlèrent les cris de douleur et les hennissements des mulets atteints par les balles; peu après s'y ajouta le crépitement sec de la mitrailleuse. Depuis ma fenêtre, je tentais sans succès de pénétrer les secrets de la nuit.

Le silence revint. Alors, j'enfonçai la tête dans mon oreiller et me mis à pleurer, comme tant d'autres pleurèrent, me demandant qui l'avait trahi.

Chapitre 9

Je passai quelques heures ainsi, je ne saurais dire combien car comme chacun sait, dans ces cas-là on perd la notion du temps. Je me demandais comment il était possible que le monde soit comme il est, aussi injuste, aussi impitoyable. Vous imaginez, penser cela à mon âge! Je me disais que le sort de Ramón eût été mille fois préférable s'il s'était contenté de ce à quoi sa naissance le destinait. Je maudissais les gens qui avec leur haine et leurs ambitions font du monde un enfer et je maudissais le monde qui nous obligeait à haïr et à avoir de l'ambition. En somme, je délirais.

Sur ces entrefaites, j'entendis frapper à ma porte. Je demandai qui c'était, parce qu'il ne s'agit pas d'ouvrir ainsi à n'importe qui aux heures sombres, tout particulièrement cette nuit-là. Pourtant sans avoir besoin qu'on me réponde je sus que c'était Ramón. Je tirai le verrou pour le laisser entrer avant que, pris de panique, je ne pusse penser à mon propre confort.

Pourquoi était-il venu chez moi? Peut-être parce que l'école se trouvant un peu éloignée du village il lui avait été plus facile d'y arriver? Peut-être s'était-il rappelé, dans son désespoir, les moments heureux de son enfance ou lorsque nous commentions les événements des journaux? Ou bien tout simplement avait-il plus confiance en moi qu'en les autres?

Lorsqu'il entra en boitant, les mains tachées de son propre sang, un trouble s'empara de moi. L'espace de quelques instants je pensai à la récompense que la garde civile me donnerait si je le livrais et à l'argent que don Mariano ajouterait. Me vinrent à l'esprit de savoureux plats de poulet, d'agneau et même de poisson; également un poêle, un poêle tout en métal qui chaufferait ma maison sans faire de fumée; et un maillot de corps avec l'extérieur en laine et l'intérieur en coton, de ceux si doux et qui en même temps tiennent tellement chaud.

Mais une étrange fièvre m'envahit, une fièvre qui chassa les plats, les poêles et les maillots de corps. Il s'assit sur le banc près de la cheminée et je me rendis compte qu'il était blessé à une cuisse qu'il avait bandée avec un morceau de sa ceinture. Nous défîmes le bandage et avec un soupir de soulagement, je vis que la balle était entrée et sortie proprement. Je lavai la blessure avec de l'eau dans laquelle je fis bouillir des fleurs de thym et de l'écorce de chêne vert pour désinfecter et aider à arrêter l'hémorragie puis je la bandai de nouveau.

Je coupai quelques morceaux de pain que je trempai dans du vin sucré et les lui offris. Après manger, il me dit qu'il devait s'en aller parce que les gardes civils fouilleraient sûrement tout le village pour le chercher; car il n'était pas n'importe quel contrebandier mais le *Desesperado* et il ne transportait pas du cognac mais des centaines d'armes.

Dans la vie il vous arrive parfois des choses inexplicables. Je savais que Ramón, blessé à la jambe, ne pourrait s'échapper parce qu'ils avaient amené des chiens. Je lui dis donc que non, qu'il ne devait pas partir et n'avait qu'à rester chez moi; et sans le laisser refuser ma proposition, je me mis à chercher un endroit où le cacher, ce qui était assez difficile car ma maisonnette n'est pas une de ces maisons paysannes, si grandes, mais une petite pièce et une cuisine avec sa cheminée, contiguës à la salle où je donne mes cours.

Sous mon lit... non, c'est là qu'ils regarderaient en premier. Ça y est, je sais! Je décousis mon matelas de laine et Ramón s'introduisit à l'intérieur avec sa gibecière et son fusil. Puis je le recousis, laissant du côté du mur une petite ouverture pour lui permettre de respirer; je répartis la laine pour dissimuler la forme du corps de Ramón et observai le résultat. Mille nuits j'ai maudit le peu de laine de mon matelas, quand elle se met en pelote et me laisse avec le sommier s'enfonçant dans la chair; mais il avait maintenant l'air d'un matelas de riche, bien rembourré et non avec juste quelques brins comme ceux des maisons pauvres ni fait de paille sèche comme ceux des déshérités. Je soupirai.

Oui, je sais bien que j'aidais un fugitif. Je sais aussi que si l'on m'avait découvert, j'aurais fini en prison et pire encore, plus aucun propriétaire ne m'aurait invité à sa table. De plus, si quelqu'un trouvait cette histoire que j'écris pour soulager ma conscience, le toit et la subsistance de mes vieux jours ne seraient plus assurés. Mais vous savez, tout cela m'est bien égal, aujourd'hui comme alors, parce que je n'avais plus l'impression d'avoir cinquante ans, mais plutôt de retrouver le temps où j'étais un jeune instituteur idéaliste qui voulait transformer le monde. Cette même exaltation coulait dans mes veines. Je ne sentais plus mon lumbago, cela m'était égal de manger de la bouillie et je ne pensais pas à ma vieillesse. Bon, d'accord, ce n'est pas la même chose. Le fait que Ramón s'en sorte ou pas n'avait aucune incidence sur l'histoire du genre humain, ce n'était qu'un pauvre berger d'un patelin perdu des Pyrénées qui aimait la fille d'un propriétaire et cela n'a aucune importance pour la lutte des classes ni pour la libération de l'humanité. Mais moi je le ressentais ainsi, aussi important ou peut-être même plus parce que j'avais vu pleurer Alba de nombreuses fois et je ne voulais pas qu'elle pleure. Moi, plus aucune femme ne me prendra dans ses bras avec tendresse mais tout au plus, si je ne dépense pas trop d'argent à autre chose, je pourrai de temps à autre rendre visite à l'une des tristes prostituées de mon village; malgré tout, je voulais qu'ils puissent s'aimer, rêver ensemble et se donner les caresses que j'avais connues dans ma jeunesse et que j'ai presque oubliées (ou que j'ai du moins essayé d'oublier). Parce qu'ils étaient pour moi comme une fleur dans le désert, une promesse qui nous réjouit tous par sa seule présence, un message d'espoir qui me disait que dans le monde il existe autre chose que des maisons, du bétail, des terres, de la faim et de la haine.

Au lever du jour, les gardes firent défiler dans les rues du village les mulets avec le chargement confisqué; sur l'un d'eux se trouvait le cadavre de Pierre, le Français, qui ne piétinerait plus son béret, qui ne jurerait plus, car ni les scapulaires des Vierges de Lourdes et du Pilar ni la patte de hibou n'avaient réussi à arrêter les balles des mausers. Deux autres mulets portaient aussi d'autres cadavres qui, comme je le sus plus tard, étaient ceux d'anarchistes qui accompagnaient le chargement pour le protéger en cas de mauvaise rencontre et s'occuper des montures.

Les fouilles commencèrent. Toutes les maisons, même les plus riches, furent inspectées de fond en comble par les forces de l'ordre. Ils piquaient les tas de paille avec des baïonnettes, jetaient par terre les piles de bois préparées pour l'hiver, mettaient les greniers sens dessus dessous, sondaient les jarres d'huile... Lorsqu'ils arrivèrent à l'école, ils se contentèrent de regarder sous mon lit et d'ouvrir la malle où je range mes modestes possessions, considérant que dans un espace si réduit il n'y avait guère de cachettes.

La fouille infructueuse du village dura un jour et une nuit. Ensuite, l'officier lut un arrêté qui levait l'interdiction de sortir des maisons et déclarait hors-la-loi Ramón Gallar, également connu comme le *Desesperado*, l'accusant de contrebande, de résistance armée à l'autorité, de trafic d'armes et de conspiration contre la République. Ce même arrêté avertissait tous les villageois que celui qui le cacherait ou lui viendrait en aide d'une manière ou d'une autre deviendrait son complice et serait également poursuivi.

Finalement ils partirent, emportant les armes et les morts. Une vague de soulagement se propagea dans tout le village, non parce que Ramón avait pu s'échapper mais parce qu'ils étaient tous préoccupés par les animaux restés sans surveillance dans la montagne. Ainsi sont les gens de cette région! Si la nuit ils priaient pour que leur héros en réchappe – ou d'autres, pour qu'il soit capturé –, le lendemain, à mesure que le temps passait, ils ne pensaient plus qu'à la soif dont souffraient les moutons enfermés dans les bergeries, aux bûchers qui devaient être en train de brûler et de gaspiller le bois dans les meules allumées, aux amandiers récemment plantés, dévorés par les chèvres sans berger...

Dès que les gardes civils furent partis, tous sortirent en courant pour remédier aux dégâts, après presque deux jours où la nature avait manqué du bienveillant concours de l'homme. Je crois que même s'ils avaient vu Ramón au bord de la route, ensanglanté et avec son fusil en bandoulière, ils ne lui auraient consacré qu'une pensée distraite et fugace, obsédés qu'ils étaient par leurs labeurs restés en suspens.

Je courus vers mon lit, l'ouvris par la couture et permis à Ramón de sortir d'entre les deux paillasses, époussetant les flocons de laine collés à ses vêtements.

J'examinai d'abord sa blessure et après m'être assuré qu'il n'y avait aucun signe d'infection et qu'il guérissait d'une manière satisfaisante, je lui racontai le destin de ses compagnons.

Dans nos montagnes, la vie et la mort se succèdent avec une telle rapidité, nous sommes tellement habitués à voir mourir nos enfants et nos amis, notre propre fin est si proche, que nous disons au revoir à nos morts sans presque nous lamenter, empreints du même fatalisme que celui avec lequel nous accueillons le cruel hiver. Ou peut-être le dénuement nous rend-il égoïstes, misérables; notre faim, si grande, ne laisse pas place à d'autres émotions plus nobles.

Et si nous ajoutons à cette condition, commune aux peuples pauvres, l'égocentrique aveuglement des amoureux, qui les empêche de voir toute autre douleur et tout autre bonheur qui ne soient les leurs, nous comprendrons mieux que Ramón n'ait pas pleuré la perte de son ami et compagnon mais qu'il ait simplement incliné un peu la tête et soupiré.

Il semblait penser que si quelqu'un choisit la vie de contrebandier il sait que la mort l'attend au tournant. Pierre aurait pu se retirer il y a longtemps, après avoir acheté un petit magasin ou une auberge dans n'importe quel bourg de France; mais il avait préféré gaspiller son argent invitant à boire du vin tous ceux qu'il croisait sur son chemin ou couchant avec des femmes légères, pour continuer à ressentir l'émotion d'esquiver les douaniers; car le risque est comme une drogue que l'on refuse au départ mais qui ensuite attire et finalement domine. Pierre avait vécu comme il l'avait souhaité et il était mort avant que la vieillesse ne l'oblige à s'asseoir sur un banc pour y tresser des paniers. Il devait se sentir fier que pour en finir avec Pierre, le Français, il eût fallu presque cent gardes civils avec des chevaux, des chiens et même une mitrailleuse.

Il ne lui consacra pas d'autre oraison funèbre que celle qu'il aurait obtenue lui-même si les rôles avaient été inversés et son ami Pierre, le Français, disparut de sa vie comme il y était entré un an et demi auparavant : silencieusement. Voilà le destin de ceux qui, comme Pierre et moi, aident les amants à se réunir : être oubliés.

Il s'en était fallu de peu que Ramón ne meure lui aussi. Si les bêlements des moutons enfermés dans les bergeries – d'étranges bêlements de faim et de soif – n'avaient pas attiré son attention et s'il ne s'était pas éloigné de la colonne pour voir ce qui se passait, il serait maintenant avec Pierre, en travers de la croupe d'un mulet, en direction d'un cimetière inconnu. Mais cela ne semblait pas plus l'émouvoir.

En revanche, quand je lui dis que la garde civile avait mentionné son nom, il tomba dans un profond désespoir et s'enferma dans un profond mutisme.

Les heures passèrent. J'allai à l'école, donnai mes leçons, mangeai à *casa Torrera* avec don Mariano et nous commentâmes les derniers événements du village. Alba nous écouta sans dire un mot, nous fixant d'un regard qui me faisait trembler. J'aurais aimé lui dire que Ramón était vivant et chez moi, mais je ne trouvai pas le moment opportun car ni son père ni sa gouvernante ne la laissaient seule. Et puis je me disais qu'il serait peut-être mieux qu'elle ne le sache pas et que Ramón disparaisse enfin de sa vie, pour qu'elle se réconcilie avec son triste destin. Mais ses yeux... n'exprimaient pas la moindre résignation. Je me rendis compte que, par un malheureux coup du sort ou peut-être du fait de son rôle féminin séculaire, il lui avait fallu attendre et se taire, résister passivement comme un arbre résiste aux tempêtes; mais elle aussi aurait été capable de réaliser les mêmes prouesses et les mêmes folies que Ramón. Non, il vaut mieux qu'elle ne sache pas où gît, blessé, son bien-aimé.

L'après-midi, je continuai à faire la classe et ensuite, pour que personne ne s'étonne d'un changement de mes habitudes, je me promenai comme toujours jusqu'à la fontaine de Bolturella. Au retour, Ramón était encore assis sur le banc, dans la même position où je l'avais laissé le matin, pâle et silencieux. J'allumai la cheminée parce que l'automne approchait et qu'il commençait à faire plus frais puis mis de l'eau à bouillir dans un petit chaudron pour préparer un peu de soupe.

Ramón la refusa bien que cela fît assez longtemps qu'il n'avait pas mangé; alors, aidé par la pénombre – parce que je n'utilise jamais d'huile pour la lampe sans en avoir réellement besoin –, il commença à parler.

Il m'expliqua d'abord la cause de son désespoir : il avait perdu Alba. Désormais, cela ne l'intéressait plus de trouver ou pas de l'argent, parce qu'il était un proscrit, la guardia civil savait que le *Desesperado* était Ramón Gallar et jamais il ne pourrait se marier avec elle. Il ne lui manquait plus qu'un voyage, un chargement de plus et avant la fin de l'automne, il serait entré dans le village avec tout l'argent qu'il avait caché à la frontière. Plus d'argent que personne n'en a jamais vu ici, suffisamment pour acheter une maison avec toutes ses terres et son bétail, liquide indispensable à don Mariano car s'il possède d'immenses propriétés, le prix de la laine et de la viande, de plus en plus bas, lui complique le paiement des frais et des impôts. Du liquide qui est, pour un grand propriétaire, plus précieux que le moulin de Quixarel ou quelque champ que ce soit; somme qu'il n'aurait, en outre, pas pu refuser car par son silence il avait accepté le défi et la parole publique est pour les montagnards plus sacrée que n'importe quel contrat écrit sur du papier.

À présent tout était perdu à cause d'une trahison. Ceux de *casa La Selva* avaient trahi : ils étaient les seuls à connaître la date et le chemin par lequel le convoi de mulets arriverait avec le chargement; si la délation provenait de quelqu'un du syndicat, les gardes civils leur auraient plutôt tendu une embuscade au lieu de rendez-vous avec les camions.

Mais derrière *casa La Selva* il y avait quelqu'un. Ramón les payait mieux que ne l'auraient fait les gardes et de plus, personne ne s'exposerait à une vengeance du *Desesperado* si quelque chose d'important ne les y avait pas incités, quelque chose de plus important que l'argent.

Les maisons fortunées. Une maison fortunée peut faire pression de mille manières sur une maison pauvre : lui interdire l'accès à l'eau, refuser de prendre ses enfants comme salariés, envahir les pâturages, laisser les percepteurs d'impôts la dépouiller... C'est pourquoi toutes les maisons pauvres ont une maison riche pour les protéger des déprédations des autres, en échange de travail gratuit, d'une certaine soumission et d'un certain respect.

Mais si toutes les maisons fortunées étaient prêtes à écraser Ramón et se mettaient d'accord, la pression qu'elles exerceraient sur n'importe quelle maison pauvre serait irrésistible. Une fois éveillé le soupçon selon lequel Ramón passait par *casa La Selva*, elles l'auraient soumise à un siège invisible mais terriblement efficace. Des troupeaux qui piétinent accidentellement une récolte sans que la maison qui te protège n'agisse, des baisers aux filles lorsqu'elles descendent à la fontaine pour que leur père sache qu'on peut les violer sans que la justice du village ne fasse rien, un maréchal-ferrant qui a beaucoup de travail et ne ferrera pas les mules avant un mois...

Finalement, le maître de *casa La Selva* entend dans le bar une ou deux insinuations, comprend alors les raisons du harcèlement de sa maison et sait que rien de tout cela ne cessera jusqu'à sa destruction. Au début il résiste, il a conclu un pacte avec Ramón et pour lui, c'est très important; mais un jour il n'en peut plus et reçoit, en échange de sa trahison, la permission de continuer à exister.

Ramón grinçait des dents de rage et de haine. Il ne haïssait pas les gardes civils, parce que depuis toujours eux et les contrebandiers jouent une partie de cache-cache mortel dans les montagnes; les contrebandiers tiennent leur rôle et les gardes le leur, ils sont comme les deux faces d'une même médaille. Il existe entre eux une complicité ambiguë et du respect, même s'ils s'entretuent, parce qu'ils endurent ensemble la fatigue des sentiers sinueux, le soleil brûlant de la canicule et la traître obscurité de la nuit. Non, ils ne se haïssent pas les uns les autres mais éprouvent une certaine tristesse dénuée de rancœur quand ils se font la peau.

Il ne maudissait pas non plus ceux de *casa La Selva*. Il savait mieux que moi à quelles pressions ils avaient dû être soumis. Ils étaient plutôt dignes de compassion, parce que désormais plus personne au village ne se fierait à leur parole, pas même ceux qui les avaient poussés à trahir leur honneur. Plus personne ne traiterait avec eux si ce n'est au comptant ni leur prêterait de l'argent lorsqu'ils ne parviendront pas à payer leurs impôts, ni ne travaillerait plus en attendant la fin de l'année pour être payé. Tous, ils méprisent les traîtres, même ceux qui se sont servis d'eux.

Non, Ramón ne haïssait que les maîtres des maisons fortunées. S'il n'avait pas réussi à amasser suffisamment d'argent dans le délai qu'il s'était lui-même accordé, il aurait alors accepté son échec et aurait quitté le village pour toujours. Il aurait sûrement partagé avec Pierre les mêmes filles de taverne ou d'auberge, ils se seraient soûlés ensemble et auraient brûlé leurs vies avec une avidité désespérée, recherchant la mort à chaque voyage, devenant un peu plus audacieux après chaque succès, jusqu'à ce qu'un jour quelques balles en finissent avec eux.

Mais il n'avait pas échoué et les maîtres, craignant ce que signifierait son triomphe, lui avaient tendu un piège mortel. Les maisons riches parce qu'elles prétendaient au mariage avec Alba, les maisons pauvres afin de se démarquer, toujours et encore, des déshérités et don Mariano pour ne pas subir l'humiliation d'être vaincu par un berger qui avait travaillé pour lui, même si cela devait lui rapporter beaucoup; tous avaient conspiré contre Ramón.

C'est pourquoi il les exécrait. Il leur avait pardonné la faim, le froid, la misère, le travail épuisant et la misérable paye; parce que tout cela lui paraissait naturel, il était né avec tout ça sous les yeux et ne pouvait imaginer une vie différente dans laquelle il n'y aurait pas de pauvreté. Mais maintenant les maîtres avaient violé un pacte tacite et aux yeux de Ramón, c'était un délit répugnant et impardonnable. En agissant de la sorte, ils s'étaient moqués de lui lorsqu'il achetait ses brebis une à une, lorsqu'il traversait les montagnes en hiver, lorsqu'il jouait sa vie à transporter des fusils.

Si je ne l'avais pas retenu, il serait sorti de l'école et aurait traversé le village en laissant derrière lui un sillage de sang et de mort jusqu'à ce qu'ils l'abattent comme un chien enragé. Avec une sueur glacée sur le front et ses yeux délirants qui me regardaient sans me voir, il revint s'asseoir près de la cheminée avec moi; pour conjurer les fantômes, il commença à me raconter l'histoire de son amour. De son amour perdu pour toujours.

Je sus alors comment avec Alba ils avaient renouvelé quelques heures plus tard ce premier et amusant baiser dont j'avais été témoin; comment ils avaient échangé des regards et des messages qu'eux seuls savaient interpréter; il me raconta aussi leurs promesses d'amour et leurs rêves partagés. Il me parla même du soir de leurs premiers ébats, cachés par les hauts épis de blé, et de ce qu'il sentit, et de ce dont il rêva... Le fait qu'il en arrivât à me parler ainsi de ses amours clandestines, lui habituellement si discret, me fit comprendre l'ampleur de son désespoir.

Alors que des larmes causées par tant de bonheur roulaient sur ses joues, son récit arriva à l'époque néfaste où, il ne savait pas encore comment, don Mariano les avait découverts. La neige, la faim, le froid qui s'ensuivirent, il endurait tout en pensant à elle; et quand la solitude était trop insupportable, du haut de la montagne il regardait vers le village et cherchait la fenêtre d'Alba, ouverte le jour, illuminée la nuit, comme un phare plein d'espoir qui lui disait qu'elle était là, qu'elle l'attendait, qu'elle l'aimait.

Puis il me décrivit l'époque suivante, de contrebandier, en particulier ce terrible hiver, dont il ne se rappelait qu'une blancheur mortelle, un froid glacial à vous rendre fou, un chargement écrasant et le besoin de continuer à mettre un pied devant l'autre, il fallait toujours faire un autre pas et un autre et encore un autre...

Et Pierre, son compagnon loyal et joyeux, mort, lui aussi. Tout ça en vain, tout était perdu, tout ça pour rien!

Je vis alors que sa main caressait son fusil et je devinai qu'il pensait que si les maîtres avaient oublié leur sens de l'honneur, lui non plus n'avait plus à se soumettre à aucune règle divine ni humaine. Je sentis un vent froid me parcourir le dos, car je perçus dans ses yeux la décision de tuer s'il le fallait, de lutter contre tout ce qui s'opposerait à son amour obsédant sans que ni la compassion ni la morale ne le réfrènent; et j'eus peur, une peur irrationnelle, en pressentant chez Ramón une force de la nature aveugle et irrépressible.

Il sombra dans un silence renfrogné, sans prononcer un mot de plus. Sortant une épaisse lame d'Albacete de sa ceinture, il commença à l'affûter avec une petite pierre à aiguiser qu'il avait dans sa gibecière.

Je me couchai une heure plus tard, sans qu'il ait répondu à mon bonsoir et sans que le couteau ne se soit arrêté dans son hypnotique mouvement de va-et-vient sur la pierre.

Le son énervant de l'acier glissant sur le grès dura toute la nuit. Je m'endormais, me tournais et me retournais dans mon lit, me réveillais... et le grincement continuait. Ainsi, durant trois nuits, pendant que sa jambe finissait de guérir, Ramón ourdissait ses plans.

Je me réveillai en sursaut. J'avais entendu le silence! Me levant d'un bond, je me dirigeai vers l'âtre; Ramón n'était plus là ni son fusil ni son couteau. Sur son siège, je trouvai une petite liasse de billets, plusieurs milliers de pesetas, plus que ce que je gagne en plusieurs années.

Dans le sobre langage montagnard, cet argent, sans doute une partie du paiement du chargement d'armes, m'en disait davantage qu'on pourrait le supposer. Il disait que Ramón renonçait au défi lancé à don Mariano et que, par conséquent, il n'avait plus besoin de toutes ses pesetas pour délivrer Alba. Mais Ramón ne renonçait pas, ne renoncerait jamais à son amour : maintenant il lutterait et tuerait pour lui s'il le fallait. Cet argent me dit aussi qu'il avait deviné ma tentation de le livrer à cause de ma misère et qu'il comprenait et me pardonnait. Les billets me dirent qu'il était mon ami. Et surtout, ils disaient au revoir pour toujours.

Sans m'occuper de ce petit trésor, je m'habillai n'importe comment et sortis dans la rue au milieu de la nuit, courant vers *casa Torrera* pour supplier Ramón de ne pas tuer don Mariano, de ne pas devenir un assassin, de ne pas damner son âme, parce que ce n'est pas pareil de tirer sur un douanier qui tient lui aussi un fusil et de tuer quelqu'un qui dort parce que tu le hais.

À mi-chemin j'entendis des coups de feu. Haletant, j'arrivai à la porte de *casa Torrera* avec d'autres voisins plus proches et don Mariano était là, empoignant son fusil anglais. Je soupirai avec soulagement.

Apparemment, Ramón était entré dans le patio en sautant le mur qui l'entoure sans que les chiens, qui le connaissaient très bien, ne l'inquiètent ni aboient. Ensuite, il était monté à l'aide d'une treille jusqu'à la fenêtre de sa bien-aimée qui, étant située à l'étage, n'a pas de grille. Il avait ouvert les volets en introduisant son couteau entre les deux battants et avec la crosse de son fusil, avait frappé la gouvernante qui dormait près d'elle. Ensuite, les deux amants descendirent par le treillis et sautèrent par-dessus le mur; mais à ce moment-là, la gouvernante se remit du coup, car Ramón n'avait pas osé frapper trop fort de peur de lui fendre le crâne et elle se mit à crier, alarmant toute la maison. Don Mariano sortit sur le balcon avec son fusil et vit les deux amants courir en descendant la rue. Il leur tira dessus mais sans chercher à les toucher de peur de blesser sa fille.

Don Mariano bouillait de colère. Non seulement parce qu'il aimait sa fille, il l'aimait à sa manière, mais aussi parce qu'on lui avait ôté la possibilité d'obtenir le moulin de Quixarel ou une autre possession tout aussi alléchante et surtout parce que ce berger l'avait humilié devant tout le village. Il imaginait les rires lorsqu'ils se diraient les uns aux autres : «Quel mauvais tour il a joué au Chapon! Comment pouvait-on attendre d'un demi-homme qu'il surveille sa fille?»

Les autres, riches et pauvres, étaient trop stupéfaits par l'audace de Ramón pour réagir. La fuite des amants était tout simplement une possibilité que personne n'avait envisagée, pas même le père, bien que pour celui qui ne connaît pas la culture montagnarde cette solution puisse sembler logique et naturelle. Pourtant, même don Mariano n'y avait pas pensé; et si depuis quelques mois il maintenait sa fille sous surveillance et l'empêchait de sortir de la maison jusqu'à son mariage, quand on soupçonna la présence toute proche de Ramón, ce fut seulement pour éviter qu'ils se voient ou qu'ils couchent ensemble.

Le sens de la propriété est si ancré en nous que tout semble tourner autour de lui : l'honneur, le mariage, les enfants, la haine... La propriété est presque sacrée, peut-être parce que notre sol est si pauvre, que cela coûte tant de cultiver chaque lopin de terre, que nous vivons ici bien trop nombreux pour ce que la nature peut offrir. Pour la propriété on se marie, on a des enfants, on lutte contre d'autres, on travaille avec acharnement, en un mot, on concentre sur elle tous nos espoirs et notre vie même; et puisqu'on la désire si ardemment, les lois sur la propriété sont les plus dures et les plus respectées de toutes, afin d'éviter que nous nous entre-tuions. Ainsi, les bagarres ne surviennent que pour un petit chapardage au bord du champ suite à une déviation intentionnelle de la charrue; et si cette petite portion de terre volée ne suffit pas à en arriver au meurtre, elle fait éclater de violentes disputes.

Si la vengeance de Ramón envers don Mariano avait été sanglante, tous auraient compris. Parce que don Mariano avait rompu le pacte et de plus, par sa trahison il lui avait causé des pertes considérables en mulets et en chargement; par contre voler une propriété aussi précieuse qu'Alba, personne ne pouvait l'entendre ni le justifier. Même moi, qui vis ici depuis si longtemps, je n'ai pas su deviner les intentions de Ramón, cette possibilité ne m'avait même pas traversé l'esprit.

Ramón lui-même avait préféré passer un hiver de faim, devenir contrebandier et trafiquer des armes, avant de commettre un si terrible crime. S'il l'avait fait, ce n'était qu'une fois arrivé au désespoir le plus total et à la profonde conviction que n'importe quel acte était justifiable en raison de la trahison de don Mariano. Pourtant en agissant ainsi il avait détruit sa propre légende, il n'était plus le berger qui défie le maître pour construire son propre patrimoine, ni l'amant sur lequel tous fondent leurs espoirs, ni l'audacieux contrebandier qui impose sa loi au monde. Il est à présent le voleur, un voleur méprisable et haïssable. Un voleur qui doit être anéanti.

— Et la volonté d'Alba? N'est-elle pas un être humain capable de décider de sa vie? – se demanderont ceux qui habitent en ville et écoutent les discours de Clara Campoamor*, les mêmes qui trouvent logique que les femmes divorcent et même, votent. Non, ici il n'y a pas d'êtres humains ni même d'hommes ou de femmes; ici il n'existe que des maisons et les maisons comprennent tout autant les bâtiments que les terres, les personnes et le bétail. La volonté de *casa Torrera* se concentre en une seule personne, don Mariano, à qui tout appartient, de la même manière que lui-même avait obéi à ses parents, comme le plus humble des serfs et dut se marier avec celle qu'ils avaient choisie pour lui. Non, dans notre région il n'existe pas d'êtres humains et lorsque quelqu'un veut agir en tant que tel, il met en danger la survie de tous.

** (1888-1972) femme politique espagnole avocate et députée, qui défendit le droit de vote des femmes et la première loi sur le divorce.*

Quant à Alba, riche héritière d'une des meilleures maisons du village, personne ne la comprenait. Il était déjà bien assez difficile de concevoir comment, courtisée par tous les héritiers du village, elle leur préféra un berger sans patrimoine; ceci allait à l'encontre de toute logique et du sens commun. Mais qu'elle s'échappât de la maison de sa propre volonté et abandonnât ainsi son héritage était si éloigné des rêves et des désirs de tout un chacun que c'était sûrement le fait de quelque envoûtement ou de la folie. Dans un univers où la propriété est tout, l'abandonner est inconcevable.

Nous étions paralysés par la peur. Mais chez don Mariano, la rage et l'humiliation l'emportèrent sur son avarice et maudissant le berger, il cria :

— Je donnerai ma fille à celui qui tuera Ramón!

Il n'en fallut pas plus. Comme lorsqu'on met un bâton dans une ruche, tout le village commença à bourdonner et à s'agiter frénétiquement, bouillonnant de rage contre le proscrit. Les maîtres des maisons riches imposèrent leur ordre, car il n'était pas question que n'importe quel rustre épousât Alba à cause d'un heureux coup de feu. Et bientôt les héritiers des huit maisons les plus fortunées se retrouvent à cheval, sur leurs profondes selles espagnoles.

Ils portent leurs fusils de chasse au sanglier et une cartouchière en bandoulière. À la ceinture, des dagues de Tolède. Ils emportent, attachés à leurs selles, des capes et un sac avec du pain pour eux et de l'avoine pour les chevaux au cas où la poursuite se prolongerait.

Et leurs visages... des visages durs, de marbre, aussi décidés que pourrait l'être celui de Ramón mais bien plus brutaux. Leurs regards, leurs gestes, tout leur être trahit des sentiments inquiétants. Il y a d'un côté la haine, de la haine pure matérialisée en désir de vengeance, de la haine contre celui qui veut leur disputer leur prééminence, de la haine contre l'humble qui s'est rebellé. D'un autre, un orgueil méprisant, un sentiment de supériorité : ils sont les héritiers, les futurs maîtres de la contrée, ceux qui peuvent se permettre le luxe d'avoir un cheval pour descendre aux foires de la région au lieu d'y aller à pied ou à dos de mulet. On peut aussi remarquer chez eux l'excitation de ceux qui s'apprêtent à tuer, cette réminiscence du chasseur qui trouble l'esprit des hommes et les rend vaillants et cruels; et de l'ambition, une faim de terres démesurée, un violent désir d'obtenir cette union qui non seulement donnerait naissance à la plus grande propriété du village, mais de plus empêcherait leurs parents de les déshériter et de faire d'eux des *tiones* même s'ils les contrariaient.

Ce qui m'effrayait le plus, c'était l'éclat de luxure qui émanait de leurs corps. Année après année, ils avaient ajourné leurs mariages pour ne pas perdre leur chance d'épouser Alba et ils brûlaient désormais de désir insatisfait. Ils voulaient posséder une femme et la posséder brutalement, sur le sang de leur ennemi. Je tressaillis, parce que je savais que s'ils les rejoignaient, le vainqueur n'attendrait pas que don Felipe bénisse leur union mais violerait Alba là où il l'attraperait. La nausée me venait en imaginant une telle ignominie sur son corps délicat, il me semblait entendre ses cris inutiles et ses supplications alors qu'on l'outrageait; je fus pris d'une envie de vomir et de fuir la compagnie de ces hommes, car je ne pouvais rien faire pour les retenir.

Quelle chance avait Ramón? Les héritiers étaient de bons tireurs puisque chaque dimanche ils allaient à la chasse; de bien meilleurs tireurs que lui qui, dans ses affrontements avec les douaniers, s'était toujours fié davantage à son courage et à la peur qu'il inspirait à ses adversaires. Si Ramón connaissait le terrain pour avoir été berger, eux étaient des chasseurs au fait de la moindre cachette, de chaque touffe d'herbe susceptible d'offrir un abri, de chaque grotte et de chaque pierre. Eux aussi étaient équipés de fusils à plombs et de poignards, et non de carabines, presque inutiles dans un combat nocturne.

Pendant que leurs héritiers se préparaient, les maîtres discutaient de la stratégie à la lueur vacillante des flambeaux. L'un d'eux se lamenta qu'au village on n'élevât que des chiens de berger ou de chasse, inutiles pour poursuivre un homme; mais ils le firent taire, parce qu'il ne sert à rien de se plaindre. Ils commencèrent à réfléchir froidement, comme s'ils préparaient une partie de chasse : Ramón savait qu'ils allaient prévenir la garde civile, qui cernerait la zone le lendemain; il ne pouvait donc pas s'attarder mais devait essayer d'arriver près de la frontière où il avait des amis. Le couple devait être en train de courir désespérément vers la France avec à peine une heure d'avance, ce qui pour des chevaux au galop est bien peu. Leur hâte les empêcherait de se cacher et la lune brille suffisamment pour les rendre visibles. Que les cavaliers partent immédiatement à leur poursuite!

Entre les cris et les acclamations de tous les villageois, qu'ils fussent riches ou pauvres, les cavaliers vengeurs partirent au galop, s'apprêtant à rétablir l'ordre, la paix et la sécurité dans notre village et à tuer le coupable de l'inquiétude de leurs nuits à tous et de leur haine les uns pour les autres. Lorsque Ramón serait mort et Alba mariée avec celui qui de par sa naissance lui correspondait alors ils vivraient tous en paix, les pauvres sans souffrir d'imaginer que leur sort peut changer, les riches sans avoir à craindre qu'on veuille leur prendre leurs biens. Ils voulaient tous que la vie redevînt comme avant. Et pour cela, Ramón devait mourir.

Je les vis s'éloigner à la pâle lueur du dernier quartier de lune. Je ne pouvais plus pleurer tellement j'avais le cœur serré, non seulement en pensant à la mort probable de Ramón et au malheur d'Alba, mais également du fait de la haine qui marquait les visages de tous ces déshérités qui auparavant les avaient tant aimés. Triste et solitaire, je me blottis dans un coin sombre pour n'être près de personne; contre tout espoir, je priai pour que les chasseurs ne les trouvent pas.

Mais ils les virent deux heures avant l'aube, alors qu'ils couraient pour atteindre une hêtraie. Les cavaliers arrivèrent à l'orée du bois, mirent pied à terre car les chevaux n'auraient fait que les encombrer puis s'enfoncèrent dans l'obscurité, marchant lentement comme lorsqu'on poursuit un dangereux sanglier blessé.

Chapitre 10

Maintenant que j'arrive à cette partie de mon récit où je m'efforcerai de raconter et de rendre compréhensibles les terribles évènements du bois d'Errosas, cela ne m'étonne pas que tous préfèrent une explication invraisemblable mais rassurante, à la terrible vérité qui nous dévoile les replis les plus obscurs de l'âme humaine. Ce qui effraie réellement les villageois, ce n'est pas seulement ce que firent les héritiers, mais la possibilité – et même la certitude – que si eux s'étaient trouvés là-bas ils auraient agi de la même manière. C'est pourquoi ils ferment les yeux, ils ne peuvent croire que des jeunes qu'ils croisaient chaque jour dans les champs et dans les rues aient pu devenir des brutes cruelles et impitoyables.

Tout ce que je peux dire, c'est que lorsque les cavaliers partirent, leurs âmes étaient remplies de la haine, de l'ambition, de la luxure et de la soif de sang que j'ai expliquées précédemment. Je crois que ces sinistres émotions, décuplées par l'implacable poursuite et par l'obscurité de la nuit, suffisent à expliquer leur comportement postérieur. Ou peut-être Hobbes avait-il raison : l'homme est un loup pour l'homme.

Je tenterai de reconstituer ce qui est arrivé selon moi. Que le lecteur choisisse ensuite quelle version est la vraie, celle que tous veulent croire ou celle que moi seul je défends en secret.

Lorsque Ramón à la lisière de la hêtraie se retourna et vit les cavaliers se profiler sur le ciel étoilé, il sut qu'ils ne réussiraient pas à s'échapper; le désespoir déchira son âme, le faisant trembler et désirer s'abandonner à la mort. Mais il prit la main d'Alba et ils s'enfoncèrent dans les ténèbres car bien qu'il ne voulût plus continuer à vivre – il savait que cela était impossible –, il désirait prolonger quelques instants, quelques instants de plus, la chaleur de la main d'Alba sur sa main et continuer de sentir son corps à elle près de son corps à lui.

La nuit, un bois est comme une ombre indifférenciée. Les faibles rayons de la lune ne parviennent pas à traverser la cime des arbres; et les hommes et les animaux qui s'y aventurent doivent se fier à d'autres sens que la vue, qui ne permet de distinguer que de vagues silhouettes. Dans le bois ténébreux ni les chassés ni les chasseurs ne peuvent se hâter car ils s'accrocheraient vite à quelques épines ou trébucheraient sur quelque terre-plein. Non, même si le cœur bat, terrifié, même si on sait que l'on a la mort aux trousses, les pieds doivent se mouvoir calmement, il faut les lever pour esquiver les racines sinueuses, les poser prudemment sur le tapis de feuilles traître et bruyant avant d'y mettre tout son poids. Cette maîtrise de soi affaiblit, épuise; les yeux pleurent en essayant de voir dans l'impénétrable obscurité, le ventre tremble et demande de courir, d'oublier toute prudence et de courir.

Mais les chasseurs connaissent mieux que leur proie les sentiers à prendre; leurs bottes sont plus efficaces que les sandales de Ramón ou les chaussures d'Alba; leurs jambes, plus fortes que celles d'une femme; et surtout, même s'ils brûlent intérieurement, à l'extérieur ils sont froids comme l'acier, ils ne désespèrent pas ni se soucient du sort de leur bien-aimée, ni ne prient.

Pas à pas les poursuivants gagnent du terrain. Ramón perçoit déjà leurs pas et sait qu'ils l'entendent eux aussi. Peut-être que s'il abandonnait Alba, ses jambes agiles de berger parviendraient à esquiver les héritiers comme un chevreuil qui se perd dans les mauvaises herbes et échappe aux chiens qui le traquent; mais il a lutté trop longtemps et avec trop d'acharnement pour trahir leur amour en échange de sa vie : il préfère mourir. Il aurait peut-être une chance de vaincre les chasseurs si Alba restait à ses côtés, car il leur sera difficile de tirer sans l'atteindre elle aussi; non, il ne le fera pas, il connaît trop bien les terribles blessures causées par les chevrotines pour y exposer sa bien-aimée.

Alors il lui murmure à l'oreille où il a caché l'argent, quel contrebandier de confiance l'aidera à passer la frontière et peut-être ajoute-t-il une phrase tendre, courte, très courte car les pas se rapprochent toujours plus. Elle pleure et s'alarme, tente d'aller plus vite et trébuche, lui dit qu'elle ne veut pas se séparer de lui et qu'elle préfère mourir à ses côtés; il sèche ses larmes et lui répond de ne pas être bête, lui demande qui parle de mourir, lui assure que c'est juste qu'il se battra mieux sans avoir à s'inquiéter pour elle. Ils savent tous les deux que c'est un mensonge, ni Ramón ni personne ne peut affronter tant d'ennemis et Alba lui dit d'accord, elle s'en va mais qu'il lui prête son couteau pour se défendre s'ils l'attrapent; il pressent que ce n'est pas pour cela qu'elle le veut mais pour se tuer lorsqu'elle verra approcher ceux qui viennent la prendre. Il lui répond qu'il ne peut pas le lui laisser, qu'il en aura peut-être besoin dans sa lutte, bien qu'ils sachent tous les deux que lorsque Ramón aura déchargé les deux canons de son fusil, son couteau lui sera inutile face aux armes de ses ennemis.

Les poursuivants ont perçu les chuchotements, ils se rendent compte que seuls les pas d'une personne continuent de fouler les bruyantes feuilles mortes du bois et ils devinent que Ramón les attend. Ils finiront bien par attraper la femme.

Ils ralentissent le pas, se déplacent très lentement pour ne pas se trahir, tâchant de se protéger avec les arbres. Le premier coup de feu blessera ou même tuera l'un d'eux, mais quelle importance; possédés comme ils le sont par le mal, ils n'en ont cure. Tant de rancœur, d'ambition, de luxure et de soif de sang se nichent dans leurs cœurs qu'il ne reste pas de place pour l'angoisse.

Ramón non plus n'a pas peur. On a peur quand on se rebelle contre la mort, quand on se débat pour conserver la vie; mais lorsqu'on accepte sa fin comme quelque chose d'inévitable et qu'on l'attend couché derrière un arbre mort, la sérénité inonde l'âme. Si seulement ils avaient disposé d'un peu plus de temps pour s'échapper! Une heure de plus et, comme il l'avait calculé, ils seraient arrivés dans une zone sûre; mais la gouvernante avait donné l'alarme trop tôt et maintenant la mort les guettait. Il espérait seulement que don Felipe avait raison et qu'il existait un ciel ou sinon un enfer où retrouver ensuite Alba; parce qu'il était sûr que s'il mourait, elle aussi trouverait la manière de l'accompagner.

Un craquement tout proche interrompt alors ses méditations et l'oblige à tout oublier pour se concentrer sur le présent mortel. Il voit une ombre se dessiner à quelques mètres de lui. Il la regarde fixement et c'est bien un homme qui se déplace lentement, si lentement qu'il ne fait quasiment aucun bruit. Sans hâte, Ramón vise et tire un seul coup de fusil; il roule rapidement sur le côté pendant que d'autres détonations répondent à la sienne et que les chevrotines ravagent l'endroit où il se trouvait quelques instants plus tôt. Un cri de douleur suivi d'un gargouillis d'agonie lui indiquent qu'il a visé juste.

Il ouvre le fusil pour remplacer la cartouche utilisée car s'il vidait les deux canons il se retrouverait sans défense. Une ombre avance alors vers lui. Trop tard, il comprend que ce chasseur a prévu son mouvement et sait qu'à cet instant il ne peut pas se défendre. Il ferme le fusil dans un geste désespéré, sans parvenir à le recharger et se déplace vers la gauche. Mais il lui est impossible d'esquiver les chevrotines mortelles et il sent comme un feu ardent lui déchiqueter l'épaule droite, le repoussant en arrière.

Un hurlement de triomphe sort de la gorge de celui qui a tiré et il clame à tous que lui, Enrique, héritier de *casa Nariñós*, est désormais le plus riche du village et qu'il va célébrer ses noces cette nuit même, en traitant Alba comme la garce qu'elle s'est révélée être.

Ramón sent la chaleur de son propre sang, sa rage lutte contre la douce langueur qui cherche à l'envahir et peu à peu, sans faire de bruit, avec sa main gauche il prend son fusil. Il n'a qu'une cartouche, mais avant de mourir il désire tuer l'homme qui veut violer Alba; une colère infinie inonde son cœur en se l'imaginant frappée, tripotée, pénétrée par lui. Viens, approche encore un peu, que je t'entraîne dans la mort avec moi.

Ramón sent que le sang tiède lui éclabousse le visage et Enrique, celui de *casa Nariñós*, s'élève dans les airs et agite les bras comme s'il voulait voler, en même temps qu'une détonation déchire les ténèbres. Puis, comme un pantin, il s'écroule. Les feuilles mortes du bois, au lieu de couche nuptiale, lui serviront de lit mortuaire.

Tous s'arrêtent quelques instants, déconcertés. Puis, peu à peu, ils comprennent. Le coup de feu ne provenait pas de là où gît Ramón, qui est aussi perplexe qu'eux, mais de l'un d'entre eux, des héritiers. C'est un des chasseurs qui a tiré.

Ils réalisent alors qu'Enrique, celui de Nariñós, ne s'emparera plus de *casa Torrera*. Et que toute mort qui surviendra dans l'obscurité du bois restera impunie parce qu'on l'attribuera à Ramón.

Ils sont les héritiers des maisons mais avec les terres, le bétail et les bâtiments, ils ont reçu un autre héritage : la haine. Une haine de générations contre les autres maisons fortunées, de litiges non résolus de limites de terrains, de bétail égaré, d'insultes jamais pardonnées. Les maisons fortunées demeurent unies parce qu'elles exècrent encore plus les maisons pauvres; mais maintenant leurs héritiers, seuls et le cœur rempli d'envie de tuer, sont tapis au sein de ces ténèbres qui dissimulent tous les crimes.

L'ambition se mêle à la haine, l'ambition qui les amène à tuer pour obtenir l'héritage tant convoité. Une ambition brutale, dévorante, destructive; une ambition qui condense les désirs de possessions et de pouvoir.

Le désir sensuel aussi, si longtemps contenu, les amène à se battre comme des étalons devant une femelle en rut, à la différence qu'à la place de dents et de sabots eux possèdent des dagues et des fusils mortels. C'est ce désir sensuel auquel se mêlent la cruauté et le plaisir de faire mal, d'infliger souffrance et douleur. Ce désir sensuel diabolique qui rend parfois les hommes fous et les change en démons.

Et l'ivresse du sang. La nébuleuse rouge qui excite et amène à tuer encore et encore, en s'en délectant. On dit que les requins, lorsqu'ils sentent le sang, sont capables de s'entre-dévorer dans leur frénésie sanguinaire. C'est ce que firent les héritiers.

Car lorsque l'un d'entre eux en tue un autre, il ne se contente pas de cela, il le poignarde cent fois, le mutile, boit son sang, comme pour se libérer ainsi de cette haine ancestrale.

Dans la sinistre obscurité du bois retentissent les détonations des chevrotines, le gémissement des blessés, les coups sourds, répétés, des poignards qui transpercent les corps. Les ombres assassines, silencieuses, apparaissent et disparaissent, guettent et tirent, tuent et meurent. L'un attaque l'autre sans avoir besoin de savoir son nom, la seule chose qui importe est qu'il s'agit d'un concurrent dans cette course au pouvoir et aux terres.

À la fin, il ne reste qu'un héritier en vie, Antonio, celui de *casa Sopena*, peut-être le plus chanceux ou le plus impitoyable. Il a déversé sa haine, mutilant ses compagnons morts pour venger toutes les offenses; à celui-ci il a arraché les yeux parce qu'il l'exécrait, il a castré celui-là parce qu'une fois il lui avait soufflé une fille de taverne... Il a les bras couverts de sang, des mains jusqu'aux coudes. Maintenant que la mort et l'ambition ont été assouvies, la sensualité perverse réclame d'être satisfaite; impatient, il se lance à la poursuite d'Alba. Il a hâte de prendre possession de son juste héritage.

Mais quand il passe à côté du corps de Ramón tout ensanglanté, le fusil que celui-ci tient encore dans la main gauche se dresse, le vise à l'estomac et tire. Les chevrotines, à une si courte distance, le coupent en deux et répandent ses viscères contre les arbres, tandis que sur son visage, plus que de la douleur ou de la peur, se dessine la stupéfaction de mourir maintenant qu'il est si riche.

Ramón se redresse et avec son unique bras valide recharge comme il peut son fusil. Puis il regarde autour de lui, à la lueur incertaine qui précède le lever du jour et vomit. Il ne vomit pas tant du spectacle de sang et de mutilation qui l'entoure, parce qu'un berger a tué trop de moutons malades pour être impressionné par cela, mais à cause de la haine qui imprègne l'atmosphère, une haine presque oppressive.

Il se signe pour éloigner les âmes torturées. Il tremble encore de peur, de dégoût et de douleur. Finalement, titubant et laissant derrière lui une traînée de sang, il suit les pas d'Alba.

Dans le village, nous attendions tous. Lorsque nous entendîmes les premières détonations lointaines vers le bois d'Errosas, les gens lancèrent un cri d'allégresse, tandis que je me mordais les poings d'angoisse. Puis les coups de feu se répétant, la joie fit place à l'étonnement : pourquoi leur fallait-il tirer autant pour en finir avec un seul homme? Comme le temps passait et que les héritiers ne revenaient pas, l'inquiétude commença à se propager. Le jour se levait, cependant personne ne se décidait à aller jusqu'au bois pour voir ce qui s'était passé; les propriétaires, coup sur coup, juraient et offraient des récompenses; néanmoins, aucun d'eux ne bougea.

Finalement, ils envoyèrent un messager prévenir la garde civile que le *Desesperado* se trouvait dans les parages. Peu avant la tombée de la nuit, les gardes arrivèrent. Comme la fois précédente, ils amenaient les chiens, les chevaux et la mitrailleuse; mais à cette occasion ils se rendirent compte qu'il n'était pas nécessaire d'enfermer les gens chez eux. Lorsqu'on leur dit ce qui s'était passé, l'officier ordonna à ceux qui étaient à cheval de faire un détour pour former un cordon, de manière à ce que le fugitif n'arrivât pas en France; ceux à pied se dirigèrent avec les chiens vers la hêtraie, suivis par tous les habitants inquiets de notre commune.

À la lisière du bois, nous trouvâmes les huit montures, soigneusement entravées et attachées aux branches des arbres. Lorsque nous arrivâmes là où gisaient les cadavres, un frémissement d'horreur et de peur nous secoua tous. Il n'était pas possible que ce carnage sadique et cruel fût l'œuvre d'un seul homme. Du sang partout, des corps mis en pièces à coups de couteau, des membres amputés, des visages défigurés et méconnaissables...

Une rumeur commença à circuler. Ce fut peut-être d'abord une vieille femme qui la chuchota à une autre, puis elle grandit jusqu'à se répandre parmi les gardes civils eux-mêmes : l'homme-ours!

Les légendes pyrénéennes disent qu'à la manière des lycanthropes d'autres régions, certains hommes se transforment en ours. Toute arme est alors inutile contre eux. Sinon, comment expliquer que les huit meilleurs chasseurs du village aient été massacrés? Leurs fusils étaient déchargés et ils n'étaient pas de ceux qui ratent leur cible, même de nuit. Et les dagues, beaucoup d'entre elles dégainées et recouvertes de sang, indiquaient qu'ils s'étaient défendus dans un corps à corps désespéré avant d'être déchiquetés.

Avec l'officier commandant les gardes civils, nous tentâmes inutilement de faire remarquer que les hommes-ours, s'ils existent, n'ont pas besoin de tirer des chevrotines sur leurs victimes avant de leur tomber dessus; mais personne ne nous écouta. Ils étaient tous trop atterrés. Ils se pressaient autour de don Felipe et hommes et femmes commencèrent un rosaire; les gardes, nerveux, agrippaient leurs fusils comme si à tout moment pouvait surgir un monstre et les mettre en pièces.

Puis, comme j'étais le seul sur place ayant gardé son calme, l'officier me demanda de l'aider à identifier les morts. Je l'accompagnai pendant qu'il ramassait les cartouches qui jonchaient le sol et nous examinâmes les traces et les cadavres; suivant son regard expert, je pus reconstituer les faits tels que je les ai racontés.

L'officier, enfin, soupira et regarda les villageois. Il remarqua que beaucoup d'entre eux devinaient ce qui s'était passé, mais préféraient s'accrocher à une légende. Puis il me regarda, l'air de dire qu'il valait mieux ne pas éveiller plus de haines entre les maisons, ne pas susciter de nouvelles vengeances et de nouveaux crimes; il saisit les notes que j'avais prises et les déchira.

Pour tous, sauf pour la vérité et pour ma conscience, il valait mieux que Ramón fût l'unique assassin.

L'officier ordonna de lâcher les chiens pour qu'ils les suivent à la trace, pendant que nous, les villageois, rentrions dans nos foyers, emportant les cadavres sur des brancards improvisés.

Apparemment, les chiens menèrent les gardes civils jusqu'à des rochers où ils trouvèrent des morceaux de tissu de vêtements de femme tachés de sang comme si quelqu'un eût improvisé un bandage. Ensuite les deux paires d'empreintes se perdaient dans le ruisseau de Taona.

La guardia civil effectua une battue intensive. Mais où cela pouvait bien les mener? Ils étaient des gardes et n'avaient peur d'aucun contrebandier aussi célèbre fût-il; mais contre quelque chose de féroce et de surnaturel que ni les balles ni les poignards ne tuaient, ils se sentaient sans défense. De nuit les hommes se serraient les uns contre les autres autour des flambées au lieu de s'embusquer dans l'ombre. De jour ils marchaient sans entrain, sans examiner les arbustes ni les buissons, serrant avec force leurs scapulaires.

Trois jours plus tard, l'officier donna l'ordre de revenir et lorsqu'ils traversèrent les rues de notre village, je pus lire sur les visages de tous les gardes civils le soulagement d'abandonner les recherches. En revanche, un silence de mort s'emparait des nôtres.

Je suppose, bien que je ne puisse pas en avoir la certitude, qu'après avoir déjoué la traque de la garde civile, Ramón devait se remettre de ses blessures dans quelque bergerie des hautes vallées, protégé et nourri par ses complices. Peut-être même utilisait-il l'un de ces nouveaux médicaments qu'il passait parfois en contrebande, de ces médicaments qui évitent les infections mieux que le romarin ou les toiles d'araignées.

Je n'ai pas pour habitude de faire grand cas des racontars; mais il paraît qu'un mois après les faits, juste avant que les neiges ne ferment les chemins jusqu'au printemps, tous les contrebandiers des Pyrénées, de Roncevaux au Canigou, se réunirent au col du Balaïtous. Là-bas, chacun alluma une torche, pour escorter le *Desesperado* dans son ultime passage de la frontière comme contrebandier; pour tout chargement il a des sacs remplis de l'argent obtenu au cours des dernières années... et une femme. Ils ne voulaient pas perdre l'occasion de voir le célèbre *Desesperado* lors de son dernier voyage ni de jeter un coup d'œil à celle qui pour lui avait renoncé à un riche héritage et qui l'avait poussé à réaliser tant de prouesses.

Imprudent, d'allumer les torches? Que dites-vous! Ils se fichent bien que les gardes ou les douaniers les voient parce qu'avec eux se trouve le *Desesperado*, le contrebandier le plus vaillant et le plus audacieux de tous les temps, celui qui, des dizaines de fois, a traversé les cols en plein hiver, celui qui a berné à deux reprises plus de cent gardes et leurs chevaux, leurs chiens et même une mitrailleuse, celui qui a tué les huit rivaux qui voulaient lui ravir sa femme. Que peuvent-ils bien craindre si le *Desesperado* est avec eux?

Lorsque les contrebandiers, rudes et endurcis, voient passer le couple, ils ressentent comme un trouble au front et à la poitrine, comme s'ils avaient bu trop de vin; et ils se surprennent à désirer trouver une femme qui les regarderait comme celle-ci regarde le *Desesperado*, pour être capables eux aussi de réaliser de grands exploits, de défier le monde pour elle et de déposer des trésors à ses pieds. Demain, ils redeviendront aussi brutaux et matérialistes que d'habitude mais en cette nuit extraordinaire, un vent de romantisme les enveloppe; et plus d'un doit, avec le dos brûlé de sa main, essuyer une larme qui tente de s'échapper. «Ces torches font beaucoup de fumée!» se disent-ils, sans vouloir admettre qu'ils sont émus par quelque chose de si beau que cela dépasse leur entendement.

Ainsi, au milieu de l'humble et silencieux hommage des contrebandiers, Ramón et Alba traversèrent les montagnes et disparurent de nos existences. Dans quel lieu et sous quels noms vivent-ils à présent? Je ne sais pas. Mais même si je le savais, je ne le dirais pas.

Sont-ils heureux maintenant, un an après ces évènements? Continueront-ils de l'être à l'avenir? Je ne le sais pas non plus. Peut-être que oui ou peut-être que non. Qui peut le dire? Certainement pas moi. Les hommes et les femmes continuent d'être pour moi un mystère. Mais je leur souhaite le meilleur pour les années qui leur restent dans ce monde agité.

Quant aux autres protagonistes, les héritiers ont été remplacés par leurs frères, lesquels sont plus qu'heureux du déroulement des évènements et n'ont aucunement l'intention de raviver une histoire qui pourrait entraîner de sanglantes vengeances. Pour eux, Ramón est et sera toujours l'unique coupable.

Don Mariano, en revanche, est inconsolable. Non seulement il a perdu la possibilité de tirer un énorme bénéfice du mariage de sa fille, mais de plus *casa Torrera* reste sans héritier. Les frères de don Mariano sont déjà très âgés et comme leur maison était riche, au lieu de rester comme *tiones* ils sont partis étudier, si bien que l'un est médecin, un autre avocat... Aucun d'eux ni aucun de leurs fils ne veut s'enterrer dans ce misérable village de montagne.

Don Mariano souffre parce qu'il sait que lorsqu'il mourra, ses frères et ses neveux démembreront la maison et vendront chaque champ et chaque bête pour obtenir cet argent sale dont ils semblent avoir tant besoin. Son travail ne le satisfait plus, *casa Torrera* perd chaque jour un peu plus de pouvoir, plus personne ne proteste lorsqu'une charrue empiète un peu sur ses terres ni lorsque le bétail des autres s'aventure dans ses pâturages; et don Mariano n'entreprend même plus ses aventures amoureuses, peut-être par amertume, peut-être parce qu'il craint qu'un mari convoitant ses champs ne décide de profiter de cette occasion pour le tuer et pour accélérer la vente.

Il règne dans le village une inquiétude souterraine. Les villageois veulent oublier Ramón ou s'en souvenir à leur manière, ce qui revient au même. Toute cette histoire a réveillé les fantômes qui gisaient au fond de notre contrée et personne ne veut les affronter. Tout cela nous a montré une partie très sombre de notre vie : la haine des riches contre les pauvres et celle des pauvres contre les riches; la haine du voisin contre le voisin; la haine du frère contre le frère. La haine.

C'est pourquoi tous préfèrent affirmer que Ramón a tué les huit héritiers et que s'il a volé Alba, ce fut parce que son père était le Chapon, un demi-homme. À part ça, Biescas de Obago est un village tranquille où il ne se passe presque jamais rien.

Maintenant, les lecteurs peuvent comprendre les raisons de la colère des habitants de notre village devant la grossière simplification de l'*Heraldo*. Pauvre journaliste, pensai-je, tenter d'expliquer cette histoire en quelques lignes! On comprendra aussi que les villageois aient eu besoin d'offrir au monde «leur» histoire déformée; et la tristesse qui s'empara d'eux lorsqu'ils crurent que le monde les rejetait alors qu'en vérité, en ces temps agités où nous vivons, personne ne se soucie de ce qui se passe ou ne se passe plus dans ces villages éloignés de la civilisation.

Et moi, vous demanderez-vous? Comment puis-je continuer à vivre dans un endroit où de tels évènements ont eu lieu?

On ne vit pas si mal que ça par ici. Il est vrai que les gens peuvent parfois se haïr avec une intensité effrayante, mais n'oubliez pas que Ramón et Alba étaient eux aussi des enfants de ces montagnes; ils haïssent avec la même force qu'ils aiment et quand un amour naît entre eux, il est si énorme que nous, les gens des villes, plus pondérés, devons regarder ailleurs et rougir, bien qu'au fond nous souhaiterions aussi être capables d'aimer si éperdument.

De plus, depuis que j'écris cette histoire, je sens comme une chaleur dans mon cœur lorsque je me souviens de Ramón et d'Alba et j'aime alors ma promenade du soir et les montagnes, et les arbres, et les morveux de ma classe, et les grands-pères et les grands-mères et les gens de mon village bien que je connaisse leurs misères. Je ressens même de la compassion pour don Mariano qui, lorsqu'il m'invite à manger, ne peut dire un mot sans que les larmes ne lui montent aux yeux.

Jamais plus je ne connaîtrai la caresse d'une femme parce que je suis trop vieux; mais grâce à la mémoire de Ramón et

Alba, sans m'en apercevoir, sans savoir pourquoi, j'en viens à aimer ces mêmes montagnes qui nous emprisonnent et causent notre faim, les sombres bois où l'âme est subjuguée, les ruisseaux aux eaux froides et même, oui, même ces montagnards qui depuis l'enfance doivent supporter de terribles épreuves et qui, malgré cela, trouvent des raisons de rire et de chanter et même deux fois par an, de danser. Il est vrai qu'ils sont durs, voire cruels; vindicatifs, ignorant le pardon; parfois, la pauvreté même du lieu en fait des misérables. Certes, les lois anciennes qui les gouvernent sont dures, asphyxiantes, impitoyables. Mais ces montagnards sont aussi tenaces, loyaux, frugaux, endurants. Ce mélange de qualités et de défauts, de superstitions et de savoir, leur a permis de survivre depuis un millénaire. Et si parfois ils se haïssent et s'entre-tuent, au moins ils se haïssent et se tuent de manière personnelle et toujours pour des raisons concrètes : un morceau de terre, une femme, une offense. Ils ne tueront pas quelqu'un parce qu'il est d'une autre race ou parce qu'il n'est pas d'ici ou encore parce qu'il parle une autre langue ou a d'autres idées, comme le font les gens civilisés.

Pourquoi devrais-je partir? Grâce à l'argent que m'a laissé Ramón, j'ai maintenant un poêle, de ceux tout en métal, en plus d'un maillot de corps avec l'extérieur en laine et l'intérieur en coton, doux et chaud. Si un jour personne ne m'invite, je peux manger chez moi un bon plat de haricots avec du chorizo. Non, je n'ai aucune raison de me plaindre de la vie ni d'abandonner ce village. D'ailleurs, ce village est très tranquille et comme tout le monde le dit, il ne s'y passe presque jamais rien.

www.laramonda.com

Éditions de la ramonda
3, allée Marie Laurent
75020 Paris

Maquette et réalisation graphique
La ramonda

La peinture de couverture est un détail du tableau de Goya :
La nevada (la chute de neige)

Achevé d'imprimer en avril 2009
GDS imprimeurs, Limoges

ISBN : 2-916306-06-3
Dépôt légal : 3e trimestre 2008